Corie Fee
Taktgefühl: Nicht wollen wollen.

AF282446

ÜBER DAS BUCH

Betont leichtfüßig – doch stets mit Hand und Fuß –,
bringen 20 Extrakte das Nichtwollen zum Erklingen.
So nett wie ein Sonett erfüllen zeitgenössische Motive
klang- und taktvoll das geistige Auge und Ohr.

inspiriert – wortreich – feinsinnig

Im Einklang mit...

ÜBER DIE AUTORIN

Corie Fee ist Jahrgang 1977, stammt aus dem Norden
Deutschlands, und lebt seit 2012 im südlichen Frei-
burg. Dort hat sie ein eigenes Textbüro, schreibt,
redigiert und editiert als Freie Texterin im Auftrag.

2024 machte ein Hinweis auf einen Wettbewerb den
Auftakt: Seither schreibt sie passioniert in Eigenregie
– und dirigiert die Wörter in taktvolle Arrangements.

Corie Fee

Taktgefühl: Nicht wollen wollen.

Zeitgenössische lyrisch-belletristische Eskapaden.

Oder auch:

ganz neue Töne.

Bibliografische Information der Deutschen Nationalbibliothek:
Die Deutsche Nationalbibliothek verzeichnet diese
Publikation in der Deutschen Nationalbibliografie;
detaillierte bibliografische Daten sind im Internet
über http://dnb.dnb.de abrufbar.

Herstellung und Verlag: BoD – Books on Demand,
Norderstedt

ISBN: 978-3-7597-5045-7

Klangerlebnisse

Eine kleine Begleitmusik

„Die Freiheit

des Menschen

liegt nicht darin,

dass er tun kann, was er will,

sondern,

dass er nicht tun muss,

was er nicht will."

Jean-Jacques Rousseau

Schriftsteller und Philosoph, 1712-1778

OUVERTÜRE & WIDMUNG

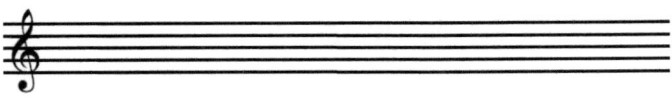

Jedes Buch beginnt mit einem Auftakt – in diesem
Buch beginnt ein jedes der Kapitel mit einem solchen.
Er, Sie, Ich, Jung, Alt – während die Perspektive
taktvoll wechselt, wird virtuos und mit Bestimmtheit
eine Serenade des Nichtwollens angestimmt.

Gewidmet ist das Buch denen, die nicht stakkatoartig
durchs Leben gehen, sondern – sofern es ihnen möglich ist – gern mal geruhsamere Takte anklingen lassen. Die ihr Lebenswerk geduldig komponieren – die
leisen Klänge genießend. Die die Zwischentöne hören, und auch einfach nur zuhören können. Dem Vo-
gelgezwitscher, den Kinderstimmen, dem Windrau-
schen, dem Fluss: der Natur der Sache, des Lebens.

Die Autorin Corie Fee wünscht ein klangvolles
Erleben mit 20 virtuosen Charakteren: ein intensives
Klangkonzert, ein Wiedererkennen der Titelmusik –
und ein Nachhallen im eigenen Resonanzkörper.

WOLLEN

Taktgefühl 1: nicht handeln

AUFTAKT STORY I

Mein erster Arbeitstag lief nicht gut an. Der Wecker schrillte, ich hatte schlecht geschlafen. Die ganze Nacht über war ich immer wieder aufgewacht. Hatte mir laufend all das vorgestellt, was schieflaufen könnte. Tiefer als ich hatte meine Hand geschlafen. Sie war eingeschlafen, wollte es – taub und schlaff –, partout nicht in die alte Form zurückschaffen. Allerhand, dachte ich alarmiert. Würde mir die Hand denkbar schlecht in die Parade fahren? Ich mich in aller Form entschuldigen und vom Arzt behandeln lassen müssen? Was würde das für einen Eindruck machen, am ersten Tag? Blöde Vorstellung. Sie bedrückte mich unschön. Lange war ich schön drum herumgekommen, in einem Unternehmen vorstellig zu werden… Die letzten Jahre hatte ich wirklich gute Arbeit geleistet, und vieles unternommen, um mich vor der ernsten Arbeitswelt zu drücken. Ich bewegte mich um die Welt. War unterwegs, um chillige, nützliche und gemeinnützige Dinge im Lebenslauf aufzulisten. So wie mein Volontariat in einer Redaktion in Chile. Oder meine Reise zu den Schildkröten Madagaskars, die ohne meine Hilfe den Weg ins Meer nicht gefunden hätten. Überall brauchte man mich, doch was brauchte ich? Mehr – Geld, Knete, Kohle. Asche. Über mein Haupt. Ich hatte nur wenig davon. Puh! Zu wenig, um mir mein Ödipus-Leben zu finanzieren. Jeden Tag wurde es öder. Ich ging wenig aus, verließ mein WG-Zimmer immer seltener, mied Leute und Bräute.

[Weiter im Takt...]

Ja, es braute sich etwas zusammen. Jedes Rausgehen kostete. Kostete Energie, kostete mich häufig aber auch Münzen oder gar Scheine. Nie schien ich gefeit. Es fing damit an, dass jemand auf mich traf und einen vortrefflichen Kaffee mit mir trinken wollte. Schwer abzuwehren. Schließlich wusste man, dass ich Zeit hatte, derzeit keiner Beschäftigung nachging. Im Nachgang betrachtet muss ich anmerken, dass ich zeitweise auch einfach zu gesellig war, um mich zu erwehren. Und zu neugierig. Das Leben und die geschäftige Gesellschaft anderer Leute brachten mich in Form: Ich gierte förmlich nach Tragödien und Lebensbrocken. Ich lebte auf, wenn Fassaden bröckelten und Mauern einbrachen. So wie es bei fast allen Gemäuern in meiner Straße der Fall war. Die Sicherheit der eigenen klammen vier Wände leichtfertig verlassend, konnte es auch leicht passieren, dass ein klammer Mitbewohner mich um Geld bat. So in den

Klammergriff genommen, konnte ich nur schwerlich erklären, warum ich keine vier Euro auslegen konnte. Aber ich war tatsächlich in einer schwierigen Lage und log nicht: Die geltende Geldwelt war beschwerlich. All das also der Grund, warum ich mir diesen ersten Arbeitstag eingehandelt hatte. In einem Handel, der zügig auf meine Bewerbung hin gehandelt hatte. Knappe vier Wochen war es her, dass ich ein Gespräch führte. Mit dem Abteilungsleiter aus der Führungsetage. Der aus meinen Worten wohl ableitete, dass ich motiviert war. Die wahren Motive kannte er wahrlich nicht. Die Wahrheit über meine Finanznöte, die kaum eine Note in meiner Tasche bewahrte. Doch wollte ich niemandem auf der Tasche liegen. Es lag allein an mir, meine Not zu ändern. Das Problem war aber: Ich wollte es nicht wirklich, es holte mich lediglich die Wirklichkeit ein. Die Notwendigkeit, im Einzelhandel mitzuwirken. Notgedrungen zu handeln und mir möglichst keine schlechte Benotung einzuhandeln. Ich zog die Nase hoch, zog mir die Hose über den Po, zog Strümpfe an die Füße. In meinem Rücken zog es – die Tücken der Nacht – doch zog das Argument beim neuen Chef sicher nicht. Schwups, in die Bahn, mir sicher den Weg bahnen. Bahn frei für den neuen Mitarbeiter! Die Mitarbeit bestand in erster Linie darin, linientreu die Waren in die Regale zu stellen, für deren Verkauf ich Provision erhielt. Aber was waren das bloß für Waren? Nie hatte ich so etwas Provisorisches gesehen. Ich hastete von einem Karton zum nächsten. Nach der ersten Offenbarung hatte ich sogleich die Zweite. Das Öffnen weiterer Kisten zeigte die ganze Geschmacksverirrung des Händlers. Das Ganze schmeckte mir nicht: wo war ich gelandet? Kein Land in Sicht. Ich war umzingelt von irren Artikeln, die die Welt nicht brauchte. Die Verwirrung war groß. Ich hatte mich in ein Reich des steilen Stils verirrt. Ich arbeitete eine längere Weile still und recht gelangweilt vor mich hin. Stilfragen versuchte ich dabei nicht weiter zu hinterfragen und befüllte die Regale mit immer mehr Freistil. Ich wollte die freche Seite der freimütigen Artikel freilegen, ihre Besonderheit entblößen. Doch eigentlich stellten sie bloß eine große Frechheit dar. Einerseits waren sie weder Augenschmaus noch Augenweide. Andererseits würde sich kein Reichtum aus ihnen ergeben. Es reichte. Es ergab keinen Sinn, dachte ich ergeben.

Ich wollte nicht. Und musste nun handeln. Ich zog meine Schürze aus, schürzte die Lippen, stürzte in das Büro des Chefs. Und verkündete meine Kündigung. Er nahm davon kunde, seufzte – und auf: in die nächste Runde.

NICHT

VERBIEGEN

WOLLEN

Taktgefühl 2: nicht verbiegen

Es war beschlossene Sache: Sie wollte nicht durchhalten, nicht weitermachen bis zum Finale, dem finalen Schulabschluss. Keinen Schulterschluss mit den Leuten, die nur diese eine Tür, das Abitur, vor Augen hatten. Sie wollte nicht mit aufsteigen, auf der Leiter emporklettern, und auch nichts mit den am Erfolg klettenden Emporkömmlingen zu tun haben. Die Kunst, das war ihr Metier, das war ihr Gebiet, auf dem sie sich auskannte, was ihr geboten und seit früher Kindheit gut bekannt war. Gute Bekannte hatten ihr immer schon zu diesem Weg geraten. Auch wenn sie damit nicht überall als gut geraten anerkannt sein würde. Doch wer brauchte Rat, wenn man das Rad neu erfinden konnte? Sie wollte weg. Ihren eigenen Weg. Sich finden. Und sich eines nicht bieten lassen: Bevormundung. Lieber machte sie den Mund auf und verkündete vollmundig, dass sie Leine ziehen würde. Die Reißleine. Sich nicht mehr mitziehen lassen wollte, von Mitschülern und Lehrern. Sich nicht belehren lassen, sondern etwas Eigenes auf die Beine stellen wollte. Ja, um ihrer Kunst zu Ansehen zu verhelfen, musste sie die Beine behände in die Hand nehmen. Sie hatte Ansehnliches vor. Wollte große Kunst machen, großartig werden. Und dazu brauchte sie eines nicht: komfortable Konformität. Sie hatte Angst, klein gehalten und einheitlich gemacht zu werden. Immer ängstigte sie der Eindruck, nicht aus der Reihe tanzen zu dürfen.

[Weiter im Takt ...]

Dabei wollte sie genau das: einen eindrücklichen Tanz aufführen. Eine verrückte Aufführung offenbaren. Sich kennenlernen und nicht von Bekanntem erdrücken lassen. Neues entdecken. Neuartiges kreieren. Neuheiten erfinden. Sich selbst dabei finden. Ihre Empfindungen waren einfach zu stark, um sie auf einer Schulbank unterzubringen. Es brachte einfach nichts, sie musste abbrechen. Und alle sich damit abfinden. Natürlich würde sie ein gefundenes Fressen für die Lehrer sein, die ihr immer schon prophezeit hatten, es durch ihre Eigenheit in der Schule nicht weit zu bringen. Aber belehrende Prophezeiungen waren verzeihbar und nicht das, was sie beeinflussen sollte. Sie suchte ihren ganz eigenen Flow, denn ihr Leben sollte im Fluss verlaufen. Und eben nicht in einem Flussbett, wie es sich die Gymnasiasten erträumten, die sich ganz weich betten wollten. Sie träumte einen gänzlich anderen Traum, den einer Traumtänzerin, und der ging so: Es würde ihr gut ergehen. Sie würde sich einen Namen machen, mit aller künstlerischen Macht, die in ihr lag. Sie würde ihre namhafte Kunst anderen vor die Füße legen, Eintritt gewähren. Andere durften ihre Malereien mit Blicken betrachten, mit Augen bestaunen, mit offenen Mündern darüber reden. Und auch betretenes Schweigen war durchaus erlaubt. Nie aber würde sie die Erlaubnis geben, ihre Kunst mit Füßen zu treten. Sie wusste, was sie tat. Sie wusste es schon lange. Seit sie aus Langeweile zur Tat geschritten war. Sich mal zum Geburtstag einen bildschönen Malkasten und ein stattliches Pinsel-Set gewünscht hatte und sich ein Bild davon machte, dass das Gelingen der Bildnisse weder von der Ausbildung noch von der Ausstattung abhing. Sondern allein von stattlicher Standhaftigkeit und wahrhaften Emotionen. Diese Unabhängigkeit hatte ihr immer gefallen. Geduld und ein Herz – beides trug sie in sich. Sie war unabhängig von der Gewogenheit anderer, es war ihr im Alleingang möglich. Sie konnte erhobenen Hauptes ihren Weg gehen, sich allein behaupten. Und überhaupt: Sie war ein besonderer Fall. Den niemand zu Fall bringen konnte. Kein Lehrer, kein Konkurrenzdenken, keine leere Lehre, kein Konkurs. Vergleichsweise einfach war es, ihre Entscheidung ihren Eltern beizubringen. Wahrscheinlich war ihre Entschiedenheit dabei von Bedeutung. Ihre Eltern deuteten ihren Entschluss als Fügung des Schicksals. Mit dieser Auslegung gaben sie sich schnell geschlagen. Für sie ein Schicksalsschlag, konnten sie dem Wandel nicht entkommen, den Gang der Dinge nicht aufhalten: Sie kannten ihre Tochter halt. Immer schon hatte sie sich verschlossen, sich in ihrem Zimmer eingeschlossen, um sich mit Entschlossenheit ihrer Malerei zu widmen. Ihr Werdegang in der Kunst schien früh eine beschlossene Sache. Und: wer wollte denn den Teufel an die Wand malen? Die Tochter konnte sich durchaus in eine im Erfolg schwimmende Künstlerin verwandeln, die sich mit ihrer Malerei über Wasser hielt. Sowieso: sie war nicht aufzuhalten. Sie wollte die Künste ausgiebig studieren.

Doch halt mal: ein Studium der Malerei benötigte ein Abitur. „Aber Kind, überlege es dir doch noch einmal mit dem Schulabschluss." Die Eltern sahen ihre Tochter mit einem Anflug geschulter Überlegenheit an. Einmal zumindest mussten sie es flugs noch auf elterliche Art versuchen. Einen letzten Versuch war es wert.

Die Tochter überlegte artig – doch einzig und allein im künstlerischen Sinn. **Nein, sie wollte letztlich nichts DerARTiges tun.**

NICHT

LENKEN

WOLLEN

Taktgefühl 3: nicht lenken

AUFTAKT STORY III

Sie arbeitete gern. Wer konnte das schon von sich behaupten? Und überhaupt: diese – ihre – hauptberufliche Tätigkeit war nun wirklich nicht jedermanns Berufung. Immer musste sie auf Abruf bereitstehen. Riefen Menschen an, dann war es eine Sache von wenigen Minuten. Minutiös geplant war jeder Schritt und alles im besten Fall perfekt vorbereitet. Sie erfragte den Fall, brachte Sorgen zu Fall, kümmerte sich um die Schnappatmung der Anrufer, schnappte sich ihre Tasche und rief einen Helfer dazu. Dann ins Auto und auf der Zielgeraden zum Ort der Hilflosigkeit. Es geschah nicht jeden Tag, aber doch häufig, und oftmals auch zu später Stunde: ein Unfall, ein Geburtsfall, ein Notfall; ein Fallstrick. Pferde, Kühe, Hunde, Katzen, Hamster, Schafe und weitere fellige Fälle – sie alle zählten zu ihrer Kundschaft. Wann immer sie von etwas Kunde bekam, bekundete sie ihre Anteilnahme: Man zählte auf sie. Sie zahlte dafür. Teilte nicht nur ihr Wissen, sondern zerteilte sich quasi. Fürsorglich und bisweilen sorgenfrei – sie war so frei. Es war ihr ein ganz natürliches Anliegen. Schon als Kind hatte sie diesen Tatendrang gespürt.

Es lag einfach in der Natur der Sache, dringliche Leistung zu leisten, etwas für das Tierwohl zu tun. Es war ihr wohl immer schon ein drängendes Bedürfnis gewesen, da zu sein und Missstände zu beseitigen. Zur Seite zu stehen, wenn Bedürftige sich in misslicher Lage befanden.

[Weiter im Takt...]

Und so war es kein Wunder: Sie genoss einen extrem guten Ruf. Sie zauderte nie, wenn man sie rief. Sie traute sich etwas zu, galt als Retterin in der Not. Und hatte dem ihr Privatleben untergestellt. Was man mitunter bemerken konnte: wenn sie nicht gut aufpasste, war es kaum mehr zu retten. Ihr privater Ritter, ihr Angetrauter, zog sich immer mehr zurück. Er wusste, die Tiere gingen vor. Es war ihm immer bewusst gewesen: tierisch viel Zeit würde seine Frau nie für ihn haben. Kein trautes Heim mit ihr. Doch zeitweise haderte er mit den Konditionen. Nicht das Verständnis ging ihm aus, doch die Kondition. Jahrelang hatte er durchgehalten und seiner Frau Halt gegeben. Viele gemeinsame Träume hatte er dafür einbehalten, Ansprüche auf Gemeinsamkeit zurückgestellt... --- *Doch zurück zu ihr.* An diesem Abend hatte sie wieder einmal in der Wildnis ein Tier gerettet, ein Schaf. Es hatte sich im Zaun verfangen, schaffte es nicht heraus und war so wild geworden, dass es sich schnitt. Zuletzt sah man, wie es – nach seinem Herausschneiden aus dem Stacheldraht – auf den Boden sackte. So hatte man sie angerufen und ihr Wissen und Können, ihren Schneid, erbeten. Und sie war wieder einmal sofort zur Stelle, mit Sack und Pack, das Leid zu mindern. An höherer Stelle wusste man von ihr, von ihrem Einsatz, ihrer Leidenschaft. Man wollte sie, seit einiger Zeit schon, gern andernorts einsetzen, sie fördern. Aufs Förderband setzen und befördern: in den Himmel einer leitenden Position. Einer himmlisch gut bezahlten. Exakt jemand wie sie war dafür erforderlich. Als sie davon erfuhr, dachte sie zügig an ihren lieben Mann. Er würde sich freuen. Neben dem Stolz auf sie, der guten Bezahlung, hätte sie ab sofort regelmäßige Arbeitszeiten. Sie würde nicht mehr nachts rausmüssen. Nicht mehr am Sonntag auf der Matte stehen. Doch Mathe, das Rechnen, war für sie nie schwierig gewesen: Sie konnte sich ausrechnen, dass sie in neuer Position erst einmal weit weg von den Tieren sein würde. Weg von der praktischen Hilfe, ihrer Kompetenz, dem, was sie bewegte. Stattdessen würde es heißen: delegieren, Reden schwingen, andere in Schwung halten und auf Trab bringen. Nicht sehr verheißungsvoll. Das war nie ihr Drang gewesen. Aber war es nicht vielleicht Zeit, dem Drängen nachzugeben? Sie seufzte. Um die neue Position anzutreten, wäre ein persönlicher Tritt ins eigene Hinterteil dringend geboten. Denn ihre Persönlichkeit würde sie im Personalplan hintenanstellen müssen. Die meisten ihrer Kollegen hätten angesichts der ansehnlichen Beförderung einen Freudenschrei ausgestoßen: mehr Geld, mehr Ansehen – her damit! Das war ihr durchaus bewusst. Aber sie wusste auch: Sie war eben nicht die anderen. Allein schon, dass sie jetzt eine Entscheidung treffen musste, war ihr entschieden unangenehm. Sie war auf einen Scheideweg gestoßen worden, den 90 % ihrer Kollegen entschieden zugunsten der Karriere entscheiden würden. Doch ihre Gunst galt der Hingabe.

Sie entschied, ihrem Göttergatten gegenüber Stillschweigen zu bewahren. So zu tun, als hätte sie keine Wahl, als diesen Job auszuüben, der üblicherweise auch bei Nacht und Nebel nach ihr verlangte. Denn, nein, es verlangte sie weder nach Prestige noch Ansehen, bei dem Gedanken wurde ihr eher übel. Und so legte sich ein übles Geheimnis zwischen sie und ihren lieben Ehemann. Das Geheimnis einer lebensverändernden Chance und Möglichkeit. Von der sie nicht wollte, dass diese am Lenker saß. **Nein, sie wollte sich nicht lenken lassen.**

NICHT

BLENDEN

WOLLEN

Taktgefühl 4: nicht blenden

AUFTAKT STORY IV

Spieglein, Spieglein an der Wand... Schon immer blickte sie sich unverwandt an. Beäugte sich in gewandter Haltung und konnte die Augen nicht von sich abwenden. Der bodenlange große Spiegel war ihr Gegenüber. Sie stand vor ihm, sie sprach vor ihm, sie betrachtete durch ihn die Details ihres Gesichts, ja, ihres gesamten Körpers. Insgesamt war er mit ihr zufrieden. Sie mit sich auch. Seelenruhig konnte sie von sich behaupten, optisch richtig zu sein. Dennoch fand sie richtigen seelischen Frieden nicht. Das lag nicht an ihrem Äußeren, als vielmehr an der Tatsache, dass der Spiegel sie überallhin begleitete, mit ihr sprach, sie ansprechend machte. Ja, der Spiegelblick war zur Begleiterscheinung geworden, und zu ihrem ungefragten Sprachrohr. Egal, ob sie auf dem Schulhof stand und mit den anderen sprach, ob sie sprachlos darauf hoffte, von ihrem Schwarm angesprochen zu werden. Oder sie seriös und entsprechend ihres Alters vorsprechen sollte: Der Spiegel beobachtete sie genauestens.

Zu genau wusste sie, undank ihm, wie sie wann, in welcher Haltung und Pose wirkte. Das bewirkte etwas. Sie gab Obacht und konnte auf Kommando ein strahlendes, unwiderstehliches Lächeln aussenden, possierlich posieren und die Augen schalkhaft so weiten, dass sie ganz unbescholten aussah und man ihr alles verzieh. Oder den Mund so verziehen, dass sie Überlegenheit ausstrahlte. Ja, ihre Strahlkraft wirkte. Sie war ihr überlegen.

[Weiter im Takt...]

Sie konnte den Kopf schief legen und einen schlauen Eindruck machen. Das beeindruckte sie selbst am meisten: dass man nicht vermutete, sie würde auf dem Schlauch stehen. Sie hatte sich im Griff und ihre Mitmenschen in der Hand. Es war wirklich handy, der Welt derart zu begegnen. Nur in mancher Begegnung war es unpraktisch. Dann nämlich, wenn es um die Praxis ging: wenn sie in den Mittelpunkt rückte, gedrückt wurde. Wenn sie ein Referat halten, sprechen oder anleiten, Wissen teilen und vermitteln sollte. Immer dann, wenn sie sich konzentrieren musste, der Spiegel ihr jedoch weiterhin zuflüsterte, wie sie gerade aussah. Er sie beriet, was vorteilhaft oder unvorteilhaft war, wie sie sich am besten durch den Raum bewegte, wie kraftvoll blickte. Apropos Blicke: Fielen ihre kräftigen Oberschenkel wohl auf? Bei diesem Gedanken war ihr unwohl. Und es fiel ihr nun nichts mehr zu, noch ein. Man konnte sich unmöglich von außen stören und gleichzeitig in sich ruhen. Innen und Außen, es waren zwei komplett verschiedene Welten. Andere konnten diese vielleicht miteinander verbinden – ihr fehlte das Verbindungskabel. Ein Kreislauf begann: Ihr Kreislauf sackte ab, sie strauchelte, wurde rot, wurde nervös, drehte sich gedanklich im Kreis. Unwissentlich entfernten sich Wissen und Können immer weiter. Blicke lasteten auf ihr. Belasteten sie. Wie konnte sie den Spiegelblick loswerden? Sie versuchte es mit Blöße, mit wenig Schminke, mit bloßer Blasiertheit. Nichts klappte.

Bis sie ihre Schlüsse zog: Sie nämlich das Gefühl beschlich, dem Spiegel auf die Schliche zu kommen. Es war das Alter, das sie vom Zwang der Spiegelung befreite! Der Fakt, dass sie tatsächlich immer mehr konnte und zu bieten hatte. Sie hatte etwas drauf. Und zwar etwas anderes als Wimperntusche und Lippenstift. Es wurde auch Zeit. Denn die großen Augen oder das Lächeln waren schon nicht mehr so sinnlich wie einst, der Zahn der Zeit nagte an ihr. Man musste sich besinnen: in ihrem Alter war Vergleichen und Beschönigen sinnbefreit. Bei der Erkenntnis fühlte sie sich wie befreit. Sie war am Altern – und das in aller Zufriedenheit. Das Alter nahm dem Spiegel die Kraft. Er war kein oberflächlicher

Bewunderer mehr, seine Oberfläche kein Ort der ge-
spiegelten Wunder. Ja, die Blicke, die sie ihm zuwarf,
kamen auf lachhafte Art zurück. Graue Strähnen im
Scheitel, Falten an unnötigen Stellen – das alles
schien wunderlich. Ein steiler Zahn? War sie einmal
gewesen. Allem Anschein nach ließ der Spiegel sie
los, summte keine Serenade von der Jugend mehr. Er
sang jetzt ein lautes Lied vom Alter. Es war kein
stimmiger, harmonischer Gesang. Dennoch war sie
nicht verstimmt, applaudierte sogar lautstark. In
ihrem Kopf stimmte seine Kopfstimme: auf seine Art
gab der Spiegel ihr einen Schubs, das alte Bild abzu-
werfen, dem Neuen gestärkt entgegenzugehen.

Schritt für Schritt, Tritt für Tritt, würde sie die Ein-
gangspforte zum Alter, in dem Äußerliches nicht
mehr reichte, um Ziele zu erreichen, erreichen. Glü-
cklich und forsch schritt sie auf das Tor zu. Nicht zö-
gerlich, nicht zaudernd. Ganz im Gegenteil: Sie hätte
sich gewünscht, nicht so lange so ein Tor zu sein.
Sich in jungen Jahren kein Eigentor zu schießen, den
Weg weg vom eigenen Spiegelbild früher zu schaffen
– ihr eigenes Bildnis zu erschaffen. Denn eigentlich
hatte sie das nie gewollt: ein blendendes Äußeres.
Andere hatten es für sie gewollt. Wollten sie gut aussehen lassen. Und sich selbst gleich mit dazu. Ihr
wurde klar: **Sie wollte nicht blenden.**

Taktgefühl 5: nicht bebauen

Ein starkes Stück! Wenig erbaulich waren diese Neu-
igkeiten. Man trug ihm an, auf seinem Grundstück
zu bauen. Im Grunde genommen war es gar nicht so
sehr eine Überraschung. Sein Sohn, Vertreter von Be-
ruf, hatte beschlossen, mit seiner Angetrauten, doch
eigentlich – wie es oftmals schien – wenig vertrauten
Frau die Idee zu vertreten, nur in einem Haus sein
Glück zu finden. Nie war Sohnemann häuslich gewesen. Und sie? Fehlanzeige. Beiden war das Thema
feste Behausung egal, ja, die Sesshaftigkeit ihnen
stets auf den Wecker gegangen. Das Paar war stetig
auf Weltreise, führte einen egalitären wie dekadenten
Lebensstil. Lange Zeit hatten sie stilvoll und gern in
ihrer ganz eigenen Welt gelebt. Die Dekade, bis Ende
dreißig, ausgiebig ausgereizt. Schamlos konsumiert.
Erst jetzt waren beide, leicht beschämt, an die Wurzeln seiner Kindheit zurückgekehrt. Wollten hier
neue Wurzeln schlagen. Der Grund dafür? Der altbe-
kannte. Ein Kind kündigte sich an. Und Kinder! - was
zieht einem die Ankunft eines Erdenbürgers die
Spontaneität und Flexibilität unter den Füßen weg.
Die beiden betraten von Grund auf neuen Boden –

den Boden der Tatsachen. Und mittlerweile tat sich ein weiterer Boden unter ihnen auf: Die Bodenpreise waren bodenlos, ins Unermessliche gestiegen! Sie hatten sich so gründlich verstiegen, dass sich, derart bemessen und verzeichnet, wohl für jedermann abzeichnete: Unbezahlbar wäre sein Grundstück heute.

[Weiter im Takt...]

So richtig nachzeichnen konnte man den Grund für den Anstieg der Preise schon lange nicht mehr. Was hatte es ausgelöst? Und was konnte die Lösung sein, wenn zwei Herrschaften mittleren Alters geläutert an den Herkunftsort zurückwollten? Im Mittelalter hätte man ihnen wohl ganz einfach eine kleine Parzelle zugewiesen, sinnierte er, der ergraute Herr Papa. Doch heutzutage? Graute es einem richtig beim Thema Wohnen. Vor der Zuweisung von lange als selbstständig geglaubten Parvenüs. Die Kinder, oder vielmehr: die baldigen Best Ager, sollten doch nun wirklich aus dem Gröbsten raus sein. War er zu grob, wenn er dachte, dass sie sich kindisch verhielten? „Papa, wir ziehen mit unter dein Dach", hatte sein Sohn charmant verkindet, äh verkündet. Und gedacht, dass er sich über diese Neuigkeit freuen würde. Was er stattdessen dachte? „Herrje, der hat wohl einen Dachschaden, der Herr Sohn. Mein Leben: mein Lebensmittelpunkt. Euer Leben, eure Lebensmitte – Punkt." Punkt, Komma, Strich: alle dachten doch nur an sich. Nichts hören wollte er von der allgemeinen Euphorie des Einzugs. Oder verallgemeinerte er zu sehr? Müsste er euphorisch sein, über den Zuzug? War er merkwürdig geworden mit den Jahren? Hatte er merkwürdige Gedächtnislücken? Ließ er seine Gedanken zurückschweifen, so sah er sich in ihrem Alter mit einem alten Spaten in der Hand, am Rande eines Ackers, für den sich nur eine Randgruppe interessierte. Für 'nen Appel und ein Ei hatte er das Stück Land erstanden. Ausschweifenden Neid konnte hervorrufen, dass die Regelungen damals viel lockerer waren: eine günstige Gelegenheit. Aber preisgünstig? Das war es nur, weil er nie darauf bestanden hatte, irgendeine Art von menschlicher Infrastruktur in Anspruch nehmen zu wollen. Dass man erst auf ihn zu, und dann um ihn drumherum gebaut hatte, war nicht seine Idee gewesen. Mittlerweile lag sein Haus tatsächlich im sogenannten Speckgürtel einer größeren Stadt. Doch hatte er nie darum gebeten. Sein Wille war immer nur Ruhe. Schon damals, als seine Frau Nachwuchs wollte. Er für seinen Teil hielt es für äußerst beunruhigend, dass sein Sohn sich – nach mehr als zwanzig Jahren – erneut dem Haus näherte. Noch dazu mit dreister Gefährtin und bald zu dritt. Das nähere Gespräch machte es nicht besser. Denn wie sich herausstellte, wollte man nicht ins

Haus einziehen, sondern den Garten beziehen. Schon Pläne hatten sie gemacht, wie der Neubau aussehen sollte. Und einen Bauträger gab es auch. War ihnen die Tragweite eigentlich bewusst? Der Platz war eng. Der Garten platzte aus allen Nähten. Was die Leute natürlich sahen, war ein kauziger Garten. Doch das traf es nicht. Sie hatten ja keine Ahnung. Da trafen sich Meisen, Amseln und Igel, Fledermäuse, Käuze und Kröten. Niemals würde er seine tierischen, achtbaren Nachbarn gegen unachtsame menschliche Exemplare eintauschen – mit Kröten oder ohne. Diese Idee ging ihm einfach tierisch auf den Zeiger. Nie hatten sie Interesse gezeigt, die beiden. Hatten sich in der Welt verortet, sich einen faulen Lenz gemacht. Waren in Luxor und andernorts auf luxuriöser Walz gewesen, um in den Ländern dieser Welt Walzer zu tanzen, sich zu amüsieren. Und nun? Wollten diese Faulenzer zum nächsten Frühling seinen Garten umwälzen. Amüsant. Nein. Er wollte nicht. **Wollte nicht die Natur mit Füßen treten.** Wollte weder Trittbrettfahrer noch Fußvolk, noch Zwang. Nicht, bevor man ihn durch diese Tür zwang. Und zwar mit den Füßen voran.

NICHT

BEERBEN

WOLLEN

AUFTAKT STORY VI

Er schlich durch die Straßen und blickte sich um.
Warf einen Blick nach links, nach rechts, nach hinten,
geradeaus. Hinterrücks hatten sie sich eingeschli-
chen. Überblickten mit lachhaft hohen Fahrersitzen
die Kantsteine, hatten kantige Kästen als Aufsätze,
ließen jeden Menschen, alles Menschliche, geradezu
lächerlich aussehen. Machten die Fahrer zu getriebe-
nen Spielzeugfiguren im Getriebe des Lebens – nicht
zu den machtvollen Gestalten, die sie spielen wollten. Sie waren mächtig im Straßenbild, ja, wahrlich.
Hatten wahre Macht über Fahrradfahrer und Fuß-
gänger, über Stärke und Ausgang von gefährlichen
Unfällen. Machte dies den Antrieb für den Kauf eines
solchen Starkgetriebes? Er mochte es nicht unterstel-
len. Nun vermachte ihm sein Onkel aus Wien so ein
Gestell – gerade ihm! Dieser Schlawiner. Der SUV
war der ganze Stolz des wagemutigen Onkels gewesen. Viel Liebe hatte er ihm entgegengebracht. Hatte
ihn bewegt, gewartet, durch die Waschanlage gefah-
ren, ihn geputzt und gewienert, im besten Zustand
erhalten. Ihm die Rolle des treuen Gefährten zuge-
standen. Ja, er hatte sich für das Wagenmodell zu-

ständiger gefühlt, als für sein Familienleben, in dem er wohl kaum als *role model* gelten konnte. Ein Wagnis. Denn so kam es, dass Erbonkel Fritz einsam und allein starb, ohne Familie. Seine verzogenen Kinder waren groß und weit weggezogen. Er wusste schon lange nichts mehr von ihnen – und nun wollten sie nichts mehr von ihm wissen.

[Weiter im Takt...]

Seine Frau war mit einem *hotten* Brand-Manager durchgebrannt. Onkel Fritz hatte einzig Kontakt zur Schwester gehalten. Und zu ihm, dem abgebrannten Neffen. Immer gern hatte er Diskussionen aufbranden lassen, lebhafte, hitzige, witzige. Onkel Fritz hatte dabei gewettert, geschimpft und geflucht. Er selbst? War ruhig geblieben. Er hatte zugehört, sich Gedanken gemacht. Aber überzeugt, nein, überzeugt hatte Fritz ihn nie. Fritz, der auf Protz und Prestige stand. Auf Dekadenz und das Gegenteil von Demut. Zur Weißglut hätten andere Fritz' Meinungen gebracht. Nicht so ihn, den leisen Weisen. Das Zuhören vermochte Fritz ihm wohl anzurechnen. Denn immerhin vermachte er ihm den Großteil seines angehäuften Vermögens. Ihm, dem armen Schlucker und bescheidenen Studenten. Er sollte jetzt SUV fahren, sollte in ein großes Haus mit Swimmingpool einziehen. Sich an Schweizer Armbanduhren und Schmuck erfreuen.

Fritz wusste genau, dass Er sich niemals mit Reichtum schmücken wollte. Dass Er sich konsequent für die Armen, Alten und Schwachen einsetzte. Dass Er so weit links stand, dass er fast hinunterfiel. Das Schlitzohr wollte ihn herausfordern. Es wollte sehen, ob er käuflich war. Nein – es wollte es bestätigt bekommen, und sich siegreich lächelnd im Grab umdrehen. Mitten auf der Straße stehend, grub sich der Gedanke ein: Das Erbe war doch nur ein Machtbeweis, ein Versuch des Rechthabens. Fritz wollte, dass Er seine Überzeugung fahren ließ, Er kapitulierte und auf Protz abfuhr. Der Onkel suchte den Beweis, dass doch immer nur Neid und Misserfolg aus ihm sprachen, wenn er Materielles ablehnte. Was Fritz in seinem Leben nicht vermocht hatte – ihn auf seine Seite zu ziehen, recht zu behalten –, das versuchte er jetzt im Tode, durch sein Vermächtnis. Mit allen Lockmitteln, aller Verführungskunst, die er aufbringen konnte. Fast wäre Er darauf hereingefallen. Hatte schon überlegt, sich am Sonntag unbesonnen mit dem Geländewagen ins Gelände zu wagen. Hatte darüber nachgesonnen, in dem Haus mit Swimmingpool eine funktionale Wohngemeinschaft einzurichten. Und sonnigen Gemüts herumgesponnen, wie es wäre, sich einfach alles kaufen zu können, sich jeden Wunsch zu erfüllen. Blau zu machen und nur zu arbeiten, wann und was er wollte. Doch jetzt schimpfte er sich einen Spinner, einen Trottel. Fritz würde nicht siegen! Er hatte eine vehement andere Auffassung vom Leben: und die seine hatte mit Geld nichts zu tun. Ja, Geld war in seinem Weltbild schon immer das Feindbild. All die Erben, Aktiengewinner, die Werbe-Millionäre und Billigproduzenten – dies waren die Bösewichte, die auf Kosten der Natur und Menschen nur für sich sorgten; einzig mit sich sorgsam umgingen. Die sich in ihrem Reichtum, am Strand der Côte d'Azur, sonnten, sich bewunderten, während andere sich wunderten. Die entzückt um die Welt flogen, als würde dies nichts kosten. Als müsse man nur die Kreditkarte zücken, um zu bezahlen. So war es aber nicht. Bezahlen würden andere. Arme Länder, andere Generationen. "Nein danke, Fritz. Ich werde dein generöses Erbe nicht antreten. Dein Geld nicht annehmen. Keinen Cent davon." So notierte es denn auch der Notar. „Der Klient beteuert, **keinerlei Annehmlichkeiten zu wollen.**"

Und setzte seine persönliche Note hinzu. „Dummer Tropf. Seine Denkweise in allen Ehren. Doch ist sie doch nur ein Tropfen auf den heißen Stein." Er seufzte, und tröpfelte sich – nur kurz bedröppelt – einen teuren Château Margaux in sein Glas.

NICHT

ZURUECK

WOLLEN

Taktgefühl 7: nicht zurück

AUFTAKT STORY VII

Von übermütigen Kindesbeinen an hatte ich mutig
den Ort erobert. Und der Ort durch seine Anmut
mein Kinderherz. Die wogenden Wellen, die schil-
lernde Sonne, die lachenden Laute, die runden Bäu-
che, die verrückte Fröhlichkeit rundum: Es war Som-
mer und niemand hatte Besseres zu tun, als der Mee-
reskante, der Waterkant, seine Aufwartung zu machen. Durchs Meer zu waten. Sich vom Wind den
Sand an die Beine reiben zu lassen. Sich tagelang
nicht aufzureiben. Und sich bloß nicht an der Familie
zu reiben! – nur Pläne unter die Nase reiben war erlaubt. Flugs wurden Ideen aufgetischt. Vornehmlich
von den Eltern. Mal führte der Ausflug der Familie in
die Fluten, mal wurde man vornehm um einen Tisch
herumdrapiert, in einem feinen Restaurant, wo es
sich zu benehmen galt. Die Mutter lächelte stolz,
wenn ihre ans Kind getragenen Benimmregeln zur
Abwechslung fruchteten, sie Früchte trugen. Ja, sie
blühte richtiggehend auf, so wie sie dasaß und ab-
wechselnd auf uns, ihre frechen Früchtchen, blickte –
es waren derer eine ganze Reihe. Nie ließ sie die ge-
liebte Rasselbande dabei gänzlich aus dem Blick.
Konnte sie doch reihum ganz schnell in etwas hinein-

rasseln. Das dachte sich auch der respektierte Vater, bereit, mit einer Schelle hervorzuschnellen und den Schelm zu kultivieren. Doch ging es immer fair und respektierlich zu, mit beileibe viel Kulanz.

[Weiter im Takt...]

Vater zügelte sein Temperament, hatte sich, seit sie aus dem Zug stiegen, kein einziges Mal beschwert. Selbst nicht darüber, dass er die schweren Koffer bis zum Hotel tragen musste. Ihm war heiß, doch er echauffierte sich nicht. Jedes Jahr freute er sich auf den Moment, an der Rezeption anzugelangen und auf die Frage „Wie heißen Sie, bitte?" stolz mit einem langgezogenen „Stee-elzmann" zu antworten "Familie Stelzmann. Wir sind zum dritten, vierten, fünften … achten Mal hier." Achtsam verfolgten wir Kinder das Momentum. Denn auch wenn momentan viel los war, passierte es: Der ältliche Rezeptionist stutzte einen Augenblick, sah herunter, nahm sein Brillengestell ab, legte es beiseite, sah hoch – und seine Augen leuchteten. Augenscheinlich war er hocherfreut. Er passierte den Tresen und beäugte uns. Seine Zähne strahlten uns gelblich entgegen. Er hob die Arme zum Willkommensgruß, tätschelte einem nach dem anderen Schopf oder Schulter und rief aus „Wie schön, dass Sie uns wieder beehren!" Tatsächlich fühlten wir uns durch diese Begrüßung sehr geehrt.

Andere Gäste blickten uns ehrfürchtig, ja, wie Ehrengäste, an. Gastfreundlicher konnte der Ferienauftakt nicht sein. Das war der Grund, warum wir jedes Jahr hier anlandeten. Die Landschaft war nicht spektakulär, das Wasser übersät mit Algen. Aber mehr als Meerblick brauchten wir oft nicht. Wir wollten im Allgemeinen nur eines tun: nichts. Ein Hoch aufs Nichtstun! Jede Form von Anstrengung war tunlichst zu vermeiden. Ganze zwölfmal wurde ich hier insgesamt verortet. Dann waren wir Kinder allesamt zu groß. Auch ich, das Nesthäkchen, träumte davon, mir ein eigenes Nest zu bauen. Meinen Traumprinzen zu küssen. Der Haken war: Den fand ich nicht an der Küste im Nirgendwo. Iwo, ganz ausgeschlossen.

Jemand von hier, das schien mir ein Ausschlusskriterium. Ich wollte kein Landei, sondern einen mondänen Großstädter. Aus einem anderen Land? Einerlei. Ich war bereit, an jeden Ort der Welt zu reisen, um ihn zu suchen. Einzig den Ort der Kindheit wollte ich nicht mehr aufsuchen. Das stand fest. Ich blieb standfest. Warum so festgefahren? Nun, es würde sich alles verändert haben. Der Rezeptionist würde ein hohes Alter auf dem Buckel haben. Die bucklige Verwandtschaft hatte mittlerweile verschiedenste Lebensweisen eingeschlagen – jeder bewies seine Benimmregeln nun andernorts. Und der kleine, idyllische Ort? War zu einem Ferienresort aufgestiegen.

Oder abgestiegen. Tatsächlich hatte er vor etwa fünf Jahren einen krassen Aufstieg erlebt, die Erde gebebt. Bagger waren angerollt, Bauträger hatten sich etabliert, Spekulanten Spekulatives fixiert. Die Bürger des Ortes, die Alteingesessenen, damit irritiert. Gemüter hatten sich erregt und verirrt. Man wandelte nicht mehr auf den gleichen Pfaden. War sich nicht einig, wem der Ort gehörte. Wer sich früher investiert hatte, sich selbst, seine Zeit, seine Ideen, seine Schaffenskraft, war abgeschafft worden. Große Gebäude waren gepflanzt worden, viele Pflanzen und Bäume schienen gebeutelt. Fette Beute machten die Investoren. Das Publikum hatte sich gewandelt. Fuhr sich der Ort an die Wand?

Eine Publikation folgte dieser Frage. Und auf das Staunen beim Schauen der Folge folgte Traurigkeit. **Nein, ich wollte nicht zurück.** Wollte meine Erinnerungen behalten. Man soll gehen, wenn es am schönsten ist. Man soll verstehen, wann es am schönsten war!

WOLLEN

„Du bist, was du hast". Diese Worte der Omi klangen ihr noch immer im Ohr. Oder hatte Omi vielleicht gemeint „Du bist, was du hasst"? Schließlich drückte sich anhand von Abneigung eindrücklich vieles der Persönlichkeit aus: die Art und Weise, wie man das Leben persönlich betrachtete. Ihre Omi war in ihren Betrachtungen immer eine weise Person gewesen. Doch fraglos weilte Omi nun nicht mehr auf dieser Erde und sie konnte sie daher nicht fragen, für wie geerdet sie den Ausspruch befand. Nie würde sie mit dieser vertanen Aussprache grün werden: Es war gemein, sie so grübeln zu lassen! Was hatte Omi? – Was hasste Omi? War ihr im Leben etwas verhasst gewesen, was der Enkelin nicht bewusst war? Wie leicht sprach man doch von Hass – diesem harten Wort. Dabei musste ja sogar ein schwerfälliges „Ich hasse es, morgens aufzustehen" nicht heißen, dass das Aufstehen aus dem Bett einem so schwerfiel. Sondern dass in dem, was einem bevorstand, die Härte lag: Faktoren wie der wenig verlockende Arbeitsweg, eine haarsträubende Tätigkeit und andere haarige Faktenlagen. Oder noch so einer: „Ich hasse es, wenn Leute gute Laune haben". Das musste nicht heißen, dass man ein schlichtes Lächeln verwehrte, dass man nicht gerne mitlachen, rege mitfeiern würde. Nein, es hieß schlichtweg, dass man sich selbst gerade nicht feierte. Dass man leiden wollte, sich bemitleiden. Sich einen hässlichen Regentag wünschte.

[Weiter im Takt...]

Anregend fand sie: „Du bist, was du hast" allemal. Aufregend. Einen Aufreger. Denn wenn Omi es so gemeint hatte, dann war sie selbst nicht viel. Ihre Rente fiel schmal aus. Dabei war sie so vieles gewesen, so vielseitig. Rüstig, frech, und nicht zart besaitet. Viele Seiten an der schmallippigen Omi hatte sie immer geliebt. Sie hatte mit ihr gelacht, Karten gedroschen, hatte gewinnen und verlieren gelernt. Und wenn sie sich auf verlorenem Posten befand, weil ihre Eltern sich mal wieder stritten, war Omi unstrittig für sie da. Hatte sie von Problemen erlöst, Lösungen gefunden. Mal mit süßen Worten, mal mit Süßigkeiten. "Du bist, was du hast". Konnte Omi das so gemeint haben? Verrückt, dass sie sich nie über den Ausspruch ausgesprochen hatten. Hatte Omi dabei gelächelt, geschmunzelt, unverhohlen zu ihr hinüber gesehen, ihre – kritische – Reaktion erwartet? Dann umsonst. Denn das hohle Gleichnis wurde von der Enkelin neben „Gleich und gleich gesellt sich gern" oder „Was sich liebt, das neckt sich" abgelegt. Dumme Sprüche! Es war viel zu klar, dass sie niemals das war, was sie hatte. Sie hatte ein wunderschönes Zuhause, einen gut verdienenden Vater, die neusten Klamotten. Doch sie selbst wäre gewesen: jemand mit einem Hund. Mit Eltern, die zu Hause waren und Zeit hätten, die sich nicht ständig stritten. Sie wäre unbestritten jemand gewesen, der zu den Pfadfindern ging, der Campingurlaub machte, keinen teuren, und zeitlose Abenteuer erlebte. Dessen Beteuerungen gesehen und gehört wurden. Der nie alleine mit sich war. „Du bist, was du hast". Dachten das ihre Eltern? Wirklich? Dachten sie, es wäre ihr wichtig, nach außen hin etwas zu sein? Ihr etwas zu bieten? Sie zu erhöhen? Es kam ihr ein unerhörter Gedanke: Vielleicht war daran ihre Ehe zerbrochen. Eher hatten sie sich getadelt, als ihre hohen Vorstellungen und Visionen vom tadellosen Familienleben einzuschränken. Sie leisteten sich alles – nur keinen Widerstand. "Du hast, was du bist." "Du hasst, was du bist." Sie hasste nicht, was sie war. Sie war mit sich im Reinen. Mit ihrer Kindheit und Vergangenheit. Mit ihren teuren Eltern. Sobald sie alt genug war, war sie ihnen gegenüber unliebsam geworden: Sie hatte alles abgestoßen, was ihnen lieb und teuer war. Hatte sich selbst ihre Fähigkeiten beteuert. „Du bist, was du hast." Ja, wenn man am Haben schraubte, konnte sie dem zustimmen: Sie war frei. War alle

Schrecken und Sorgen los. Alle Daumenschrauben, alle Schreckschrauben. Daumen hoch. Sie war so sorglos, wie ihre Eltern es wohl nie gekannt hatten. Sie verneigte sich vor ihnen. Die beiden hatten den harten Weg betreten. Das Resultat aus ihrer Erziehung, dem Verwöhnen, dem hohen Lebensstandard, erweckte in ihr bewegte Betretenheit: Nur, weil sie früher so großzügig bestückt worden war, konnte sie jetzt dem für sie richtigen Weg folgen. „Danke, liebe Eltern. Dank euch habe ich, was ich bin". Sie hatte drei Dinge, die sie versicherten. Sie hatte sich einen kleinen Hund namens Jerry angeschafft. Sie hatte ein sicheres Fahrrad, mit dem sie Kilometer schaffte und das sie stets mit der größten Sorgfalt sicherte. Und sie hatte ein Tagebuch, in dem sie mit großer Sicherheit eigene Lebenswelten erschuf. Alles andere hatte sie – und hatte es doch nicht. Sie lebte mit lieben Menschen zusammen; einer stand für den anderen ein. Sie alle teilten und wirtschafteten gemeinsam. Nie war sie allein.

„Du bist, was du hast."„Du bist, was du hasst?"
Sie hasste nur eines: Wenn sie **etwas wollen sollte, das sie nicht wollen wollte.**
OMG, Omi. Ich hab's!

NICHT

BINDEN

WOLLEN

Taktgefühl 9: nicht binden

AUFTAKT STORY IX

Er sah sie innerlich seufzend an. Ein nahbares Lächeln auf den Lippen, waren seine Gedanken in weiter Ferne. Er blickte sie unverwandt an, so wie sie dastand. Mit leuchtenden Augen und großen Gesten, übersprudelnd vor Geschichten und vor Erlebnissen. Ihr Mund bewegte sich, die Lippen gingen auf und nieder. Diese schönen Lippen, in kräftig roter Farbe, voller Schwung und Schmackes – dem Geschmack nach Rosen. Sie stand in voller Blüte, und das Besondere an diesem Geschöpf war: Sie mochte ihn. Sie liebte ihn. Aus irgendeinem Grund – hatte er es verdient? – hatte sie sich ihm angeschlossen. War ein Teil seines Lebens geworden. Der schönste Teil, musste er sich eingestehen. Ja, sie erst hatte die Schönheit in sein altes Leben getragen. Sie, die zu jeder Stunde, in jeder Minute, in jeder Sekunde, einen bezaubernden Anblick bot. Die sich ihre Gewänder gewandt auswählte, sich elegant den Schmuck an die Ohren und an die Arme legte. Die ihr Haar bürstete und striegelte, bis es glänzte, und es dann, immer wieder faszinierend beiläufig, zu einer Rolle aufdrehte. Eine Art schimmerndes Nest daraus formend, das sie mit einer Spange zauberhaft auf dem Kopf festklemmte. Sie brauchte dafür keinen Spiegel, es gelang ihr beklemmend unverklemmt. Nun stand sie, an den Haaren nestelnd, vor ihm und erzählte von ihrem Tag – voll vom Zauber der Jugend.

[Weiter im Takt...]

Es musste eine packende Geschichte sein. Er lächelte. Diese schnellen Worte, diese Begeisterung und Leidenschaft für die kleinsten Details. Stundenlang konnte er ihr zuhören. Beziehungsweise ihr zuschauen. Wie immer war er abgelenkt. Er sah sie sprechen, hörte ihre Worte, nickte hin und wieder, brummelte unterstützend, doch sah er sie nur von außen. Zu goldig war ihr Anblick, um jedes Wort auf die Goldwaage zu legen. Sie beherrschte das Gespräch – er kannte seine Einsätze. Er sah ihr an, wann er zu schauen, zu staunen, zu lächeln hatte. Und konnte so in aller Ruhe seinen Gedanken nachhängen. Sie hatte alles Glück dieser Erde verdient. Sie gab so viel. Sie nahm auch viel. Das jedoch in für ihn belanglosem Ausmaß. Materielle Dinge, Geld, Schmuck. Was bedeutete das schon? In ihrem Alter war das vielleicht etwas wert. Früher, ja früher, hatte er auch so gedacht. Doch Träume werden zu Schulden, in dem Moment, wo man sie erreicht: Er hatte sich traumhaft verschuldet. Er saß nun hier, hoch oben am See in einem großen Haus, vier Autos in der Garage, Einladungen zu bedeutsamen Treffen, Lions Club und Co. Doch das einzige, was ihm etwas bedeutete, war die Freiheit – seine, und ihre. Gedankenverloren blickte er sie an. Er wusste, dass sie ihn auf ihre Art liebte und ihn sofort heiraten würde, würde er sie nur fragen. Sie würde ihm um den Hals fallen, strahlen wie die Sonne, und ihn abküssen. Ein paar Mal schon war er fast der Versuchung unterlegen, sie zu fragen. Immer dann, wenn dunklere Momente in ihr Leben kamen, die Strahlkraft abnahm. Um die Sonne wieder anzuknipsen, wäre die Frage ein verlässlicher Schalter. Doch tat er es nicht. Die Freiheit, so hatte er es mit den Jahren gelernt, war fraglos das höchste Gut. Bindungen an Dinge, an andere, ließen einen früher oder später unglücklich werden. Er war sehr entschieden. Er hatte das alles durch. Scheidungen. Kinder großziehen. Karriere. Um die Welt reisen. Ach-so-wichtige Meetings, Netzwerke und Kontakte. Alles war wichtig. Gewesen. Irgendwie hatte dieser kleine strahlende Vogel in sein Nest gefunden. Er konnte ihn aufpäppeln, ihm Kraft geben. Doch ihn für immer hierzubehalten, ihn zu verpflichten, ihn mit Dingen zu belasten: Er brachte es nicht über das Herz. So strahlend dem Leben zu begegnen, so neugierig auf das Leben sein, das ging nur als freier Mensch, der sich immer wieder selbst erprobte, sich herausforderte, sich in neue Situationen begab, sich arrangierte, sich weiterentwickelte. Ja, sie hatte noch einiges vor sich. Dieser jungen Frau stand eine Entwicklung bevor, der er sich nicht in den Weg stellen wollte. Was wollte sie mit ihm hier oben langfristig tun? Was für ein Leben fristen? Lesen und Schach spielen? Sich um einen bald schon alten Mann kümmern? Auf den See sehen? Sie sah in ihm ihre Zukunft. Er sah in ihr seine Vergangenheit. Unmöglich konnte er sich von ihr um den kleinen Finger wickeln lassen, sie nicht – wie von ihr gewünscht – in sein Leben verwickeln. Er hatte eine Verpflichtung, ihr gegenüber: ihre Entwicklung nicht im Keim zu ersticken. Er sah sie wieder an. Nein, im Keim erstickt war sie wahrlich nicht. Sie blühte, für jeden sichtbar. Ihre stilvolle Schönheit war für viele ein Wunder. Und jeder wunderte sich, was sie bei ihm, dem Alten, machte.

Er bewunderte sie, und das war eben der Grund, warum er sie, ihren Stil, nicht brechen wollte, sie nicht festbinden am Gartenzaun. „Flieg, mein Vogel" dachte er bei sich. Sie heiraten, **sie einfangen, das würde er nicht. Er wollte es nicht.** Für sie.

NICHT

PESEN

WOLLEN

Taktgefühl 10: nicht pesen

AUFTAKT STORY X

Der kleine rote Golf bog sich proper vor Last – so proppenvoll war er. Wohlproportioniert saß links vorne als Fahrer mein Vater, die extralangen Beine verstaut. Rechts vorne: meine Mutter, die ihre Füße gern hochlegte und mit der Windschutzscheibe füßelte. Hinter meiner Mutter, und von mir aus gesehen von einem Berg aus Skiern und Skistöcken verdeckt, saß mein Bruder. Und ich? Als Kleinste quetschte ich hinter dem nach hinten geschobenen Fahrersitz, saß im Schneidersitz, saß auf Kohlen, und schnitt Grimassen. Mehr blieb auf der endlos langen Fahrt aus dem platten Norden in den erhobenen Süden nicht zu tun, als aus dem Fenster zu gucken, die Nase an der regennassen Scheibe plattzudrücken und die Autofahrer mit Fratzen zu plätten. Man verzieh es dem Fratz sicher. Es war die Langeweile, die vor langer Weile schon begonnene Fahrt. Ich fühlte mich wie in einem Kokon, behaglich eingemummelt, geschützt und gewärmt von der Anwesenheit meiner Familie. Auch wenn diese zuweilen ganz schön abwesend erschien. Meine Mutter starrte rechts aus dem Fenster, mein Vater stur auf die Straße. Und mein Bruder?

Schien zur Salzsäule erstarrt. Er hatte schon vor dem Einstieg ins Auto die Kopfhörer seines Walkmans auf die Ohren gesetzt und war seitdem nicht mehr ansprechbar. Er sprach nicht und sah alles andere als ansprechend aus, wie er so in sich gekehrt dasaß, mir den Rücken zugekehrt.

[Weiter im Takt...]

Endlich war die lange Anfahrt vorbei und wir kamen im österreichischen Skiort an. Schnee und eine herrliche Winterlandschaft hießen uns willkommen. Ab jetzt hieß es täglich: um acht Uhr aufstehen, anziehen, zur Bergbahn laufen und anstehen, um unter den ersten Skiläufern zu bestehen. Oben angekommen, auf die Skier stellen, nicht anstellen wegen der Kälte und des Windes, und sich überwinden zur Fahrt ins Tal, zum Schwingen, Wedeln, Slalomfahren, Springen, Pesen, Rasen, Schießen – Schuss fahren. Wir machten Wettrennen, versteckten uns voreinander unter den schneebeladenen Bäumen am Pistenrand, wir sprangen über Buckel, trauten uns auf schwarze Pisten, hielten an Berghütten, schnackten, snackten und ja, auch, pissten. Nach kurzem Halt ging es weiter, es gab keinen Halt für uns. Die Sause schien uns zu verschlingen und einzubehalten: Das Sausen machte unendlich viel Spaß. Hallooo, Halligalli! Aus vollen Hütten tönte die Après-Ski-Musik. Der Skizirkus war in vollem Gange, und wir befanden uns mittendrin, in der weißen Manege. „Wollt ihr nicht mal wieder Skilaufen?", fragte kürzlich meine Mutter. Mit ‚ihr' waren wir gemeint: mein Mann, meine Kinder und ich. Beim Gedanken an das Wort Skilaufen kamen mir sofort die vielen fröhlich-heiteren und unbeschwerten Tage und unvergesslichen Momente in den Sinn. Für die ich sehr dankbar bin. Doch ebenso wie sich mein Äußeres und meine Größe im Laufe der Zeit verwandelten, hatten sich auch die Bergwelt und der Winter gewandelt. Wenn ich jetzt ans Skilaufen dachte, dann sinnierte ich automatisch über eisige Abhänge, auf denen eines meiner Kinder im Laufe seines jungen Daseins schon zwei gravierende Unfälle geschafft hatte – und mit dem Helikopter ins Hospital geschafft worden war. Ich dachte ans im Regen an der Bergbahn Schlange stehen, um erst ganz weit oben schließlich dem unromantischen Nass zu entkommen und sanfte weiße Flocken im Gesicht zu spüren. Mir kamen schmale weiße Teppiche zwischen Schneekanonen in den Sinn, die nur dank Abschuss noch die Schuss-Fahrt ermöglichten. Auch dachte ich an die Preise für Unterkunft, Skipässe, für das Material, das Entleihen von Skiausrüstung vor Ort. An die Kleidung mit all ihren Akzenten. An akzentuierte Accessoires, die gut aussehen sollten, aber auch wirklichen Schutz bieten mussten: vor Kälte, vor Stürzen, vor Sonne, vor Personenschaden – vor persönlichen Schäden. An Handschuhe, Brillen, Mützen, Rückenprotektoren. Und von Helmen hatten wir noch gar nicht gesprochen. Nein, der Winterzirkus war nicht mehr das, was er einst war. Das ehemals Lustige war zur Farce verkommen, das Unbescholtene verdorben. Daran festhalten konnten nur wirklich Skisportverrückte, sehr traditionsbewusste Menschen, oder die, die sich in ein bestimmtes Licht rücken wollten. In den ich-kann-es-mir-leisten-was-kostet-die-Welt Schein. Ich persönlich kam über den Anschein der kargen, waldlosen, skilift-überwältigten Bergwelt nicht hinweg. Es gab sanftere und mindestens ebenso intensive Möglichkeiten, in die Winterwelt einzutauchen.

Und: ich konnte das alte, herrlich windschiefe Ski-Gefühl alle naselang abrufen. Von der engen und warmen Autofahrt, den gequetschten Gliedern, der Pistengaudi, der sonnenverbrannten Nase, den eingefrorenen Füßen und den schmerzenden Schienbeinen bis hin zum Schwitzen unter langen Unterhosen und fantastischen Blicken ins Tal. Ich wollte es **ewig erinnern, aber nicht mehr neu erleben.**

Taktgefühl 11: nicht kitschig

Wieder einmal musste ich knappe zwei Stunden im Dunkeln sitzen, musste mich sitzend einreihen in die Masse unbekannter Leute, musste den Blick starr geradeaus richten, auf eine Leinwand, auf der filmreifes Leben stattfand. Ich war zum Ausharren verdammt. Das nicht hart genug, flackerte da eine flache Liebeskomödie auf. Die Story war so schwach wie vorhersehbar: erfolgreiche Frau und Nachbar können sich nicht leiden. Was war er für ein Rüpel, arrogant, prollig und charmeresistent. Doch nach und nach, im Verlauf des Films, passierten Dinge, die das Leben und Leiden des Typen aufdeckten. Die Frau verfiel ihm angesichts seiner Schwächen immer mehr. Klar. Ich sah zu meiner Freundin. Sie wirkte zufrieden und entspannt, sah gespannt auf die Leinwand und nahm ab und an meine Hand. Dachte sie, ich amüsiere mich? Ich könne mich mit dem Typen identifizieren? Es wäre unsere Geschichte, die sich da vor uns abspielte? Hm. Das war sie in etwa. Auch ich war mal ein, sagen wir, natürlicher Typ gewesen, dessen Leben sich hauptsächlich um seinen BMW Z3 kreiste. Allerdings hatte ich, und das war der große Unterschied, mich stets konsequent als Kavalier gegeben. Exakt beim Austritt aus meiner Wohnungstür eine schicke und charmante Persönlichkeit aufgelegt. Ja, wenn mich dieser Film zu etwas inspirierte, dann dazu, diese Wandlung persönlich zu überdenken. Warum tat ich das eigentlich?

[Weiter im Takt...]

Während also meine Freundin in ihrem Sitz saß, ab und zu angesichts des unflätigen Verhaltens verhalten das Gesicht verzog, der Protagonistin bei ihren belehrenden Anfällen und leeren Ausfällen unterstützend zunickte, sah ich ausnahmsweise an der hübschen Hauptdarstellerin vorbei und konzentrierte mich auf den männlichen Charakter. Und kam ins Grübeln. Dieser Mann hatte aufgrund seiner Meinungsstärke und simplen Lösungsansätze allgemein Erfolg. Er benahm sich völlig daneben, brachte aber der Allgemeinheit Freude. Er lebte seinen animalischen Instinkt aus. Dies jedoch nicht, ohne älteren Frauen wie selbstverständlich über die Straßen zu helfen, Türen aufzuhalten oder sie in der Warteschlange ganz nebensächlich vorzulassen. Ja, er war ein Held, weil er er selbst war, und das inmitten seiner Mitmenschen, denen seine Menschlichkeit gefiel. Er wies Übeltäter zurecht, war sich für keinen Spruch zu schade, bewies Wortwitz. Man sah ihm an, dass er

Steaks und Bier liebte, dennoch beging er keine schrecklichen modischen Fehler: Er sah männlich aus, unerschrocken. Dieser Typ aus diesem typischen Hollywood-Blockbuster sendete mir immer vehementer die Botschaft: "Hey Du, nimm dich nicht so zurück. Lass dich nicht ausbooten: Sei *nice* zu den Ladys – und ein obercooler Lad". Hatte er mir eben gerade zugezwinkert? Das Ende des Films hätten sie sich sparen können, es verfiel dem üblichen Kitsch. Kuss, Liebesgeständnis, Feuerwerk, Abspann. Ich ergriff die Hand meiner Freundin und zog sie hinter mir her aus dem Kino. Dabei ließ ich ihr den Vortritt und hielt die Tür für sie auf. Ich sah sie aufmerksam an: Was wollte sie? Was wollte ich? Was sie wollte, klärte sich schnell. Einen gepflegten Wein an der Kinobar mit mir trinken und kultiviert über Kulturelles sprechen. Was wollte ich? Zum Klo und die Gemüselasagne, die wir zu Hause verdrückt hatten – ich in großen Lagen – ad acta legen. Das war freundlicher, hier zu tun. Glaubt mir, Freunde. Moment… War das nicht aber ein kitschiger Gedanke? Sie, meine Freundin, zu Hause nicht mit dem Abspann der Lasagne zu konfrontieren, mit Gerüchen und Gebrauchsspuren? Sondern das Idealbild eines sauberen Mannes, eines Saubermanns, abzugeben – und zu bewahren? Wir waren inzwischen zwischen zwei und, sagen wir, drei Jahren zusammen. Wir kannten uns also schon lange. Aber kannten wir uns wirklich? Nie hatte sie sich mir mit haarigen Beinen, öligen Haaren und so richtig beharrlich elendig und übellaunig gezeigt. Stets ging sie morgens vor mir ins Bad und schaffte es, eine strahlende Erscheinung zu erschaffen. Und ich? Verzichtete auf einige Genüsse – ihr zuliebe. Auf Kneipenbummel, stundenlanges Fußballgucken, auf Zocken mit Kumpels, aufs Rülpsen, Furzen und sich genüsslich gehen lassen, wie dieser Typ in dem Film es tat. Ich wurde zu Einladungen geschleppt, wo ich so tun musste, als wäre ich gern dort. Ich musste unsere Harmonie und Übereinstimmung bestätigen. War das nicht totaler Quatsch? Totaler Kitsch? War es im Zusammenleben wirklich nötig? Da stimmte doch etwas nicht. Weg mit all dem Kitsch, dachte ich mir und sagte: „Lass uns auf Kitsch verzichten und wir selbst sein – mit allem Licht und allen Schatten. Alles andere hat keine Zukunft. Wer nur im Kitsch wertschätzt und liebt, der ist von wahrer Liebe weit entfernt."

Hört, hört: **Ich wollte uns zuliebe, aus Liebe zu meiner Zukünftigen, keinen Kitsch!** Wäre das nicht ein unerhörter Stoff für eine kitschige Schmonzette?

NICHT

SCHLAFEN

WOLLEN

Taktgefühl 12: nicht schlafen

„Ein Drittel deines Tages! Ein f*cking Drittel von allem!" Er wedelte mir mit seinen ausgestreckten Fingern vor dem Gesicht herum, furios, angesichts dieser erschreckenden Aussicht. „Ich bin jetzt fast Fünfzig, etwa 150.000 Stunden meines Seins habe ich mit Pennen zugebracht. Ist das nicht ein Wahnsinn?"
„Na, zumindest solltest du ziemlich gut darin sein", gab ich penibel zurück. "Wenn es nach der 10.000-Stunden-Regel geht, dann müsstest du überwältigend gut sein. Na ja, wir alle müssten das eigentlich...", brachte ich an. „Und das ist ja gerade das Schlimme!", rief er aufgebracht: aufgekratzt. „Ich kann überhaupt nicht gut ratzen. Ich wälze mich jeden Abend im Bett umher, träume schlimme Dinge, und wenn ich aufwache, habe ich gefühlt gerade mal die letzten drei Stunden der Nacht entspannt zugebracht". Er kratzte sich am Kopf. „Das Schlafen frisst eben nicht nur Zeit, sondern auch dich", sagte ich seelenruhig, einfach weil mir nichts Besseres einfiel. Wir schwiegen eine Weile, saßen da, mein Freund schüttelte wie besessen den Kopf. Dann fiel mir etwas ein: „Wie wäre es denn, wenn du dir, ganz wie

in alten Zeiten, die Nächte um die Ohren schlagen würdest. Ich meine, wenn du doch sowieso nicht schlafen kannst?" Mein Kumpel schien plötzlich ganz Ohr. Dann grinste er breit von einem Ohr zum anderen und sagte selig: „Alter – Daumen hoch! Ich falle breit ins Bett und Schäfchenzählen ist Geschichte."

[Weiter im Takt...]

„Ich penne nur noch vier Stunden oder so, das Pensum reicht völlig. Bist du voll dabei?!?" Ich brauchte nicht lange zu überlegen. Seit meine Freundin mich verlassen hatte, war mein Zuhause ein *lost place*. Alles erinnerte an sie, Erinnerungen an holde Nächte holten mich ein, wenn ich so verlassen im Bett lag. Auch ich wachte in letzter Zeit oft übernächtigt auf. Aber das wollte ich mir nicht eingestehen. Auch ich zählte die Stunden. Und sollte es nicht tun. Nicht stundenlang an ihr Bewohnen der Wohnung denken. Mir aktiv einen Mitbewohner suchen. Kontakte aktivieren, neu aufleben. „Klar, Mann", sagte ich also. „Is' ja happig!", grinste er breit. „Wann startet das Happening?" „Ziemlich gleich. Wie es sich geziemt, ziehe ich mir eben noch was anderes an, esse einen Happen, so in einer Stunde?". Als ich mich zum Treffpunkt begab, freute ich mich aufs Nachtleben: das Nachtbeben, die Jagdgründe. Es wurde schon langsam dunkel und das Licht veränderte die Stadt. Unterschiedlich wie Tag und Nacht, das sagte man nicht grundlos. Aus einer Stadt wurden zwei Städte. Als Jugendlicher hatte ich mich in beiden Städten ausgekannt. Dann, lange Zeit in Beziehung und mit Firmenkarriere ausgestattet, kannte ich die Stadt nur noch bei Tage. Und jetzt? Würde ich die nächtliche Heimat zurückerobern. Mich bald wieder auskennen und mich unter dem Firmament in den Straßen heimisch fühlen, – die Nacht zum Tag machen. „Da bin ich." Mein Freund strahlte mich mit fühlbarer Vorfreude an. „Und nu?" „Na, erstmal ins Eck, ist doch klar", antwortete ich. Das Eck war etwas ab vom Schuss und früher schon die ideale Abschussrampe gewesen. Eine Bar, die von Innendesign noch nie etwas gehört hatte. Stammgäste hockten zu jeder Zeit auf den unzeitgemäßen Hockern vor der Bar. Sie qualmten, hatten Bierchen vor sich stehen, philosophierten: mit sich oder dem geduldigen Barkeeper. Moment, war das noch immer Heino? Jawoll, altes Haus! Wie gut es sich anfühlte, nahtlos anknüpfen zu können. In meinem Leben mit Freundin hatte ich mich von dieser Art Verknüpfungen ferngehalten, besser gesagt, ich wurde ferngehalten. Wurde ich nicht fast gehalten wie ein Haustier?, dachte ich verhalten. Wie hatte ich das ausgehalten? Kurz wunderte ich mich über mich selbst. Aber dann erinnerte ich mich an die tierischen Freuden der Beziehung. Und blieb still. Beim

Haustier-Gedanken einhaken würde ich nicht. Mein Freund hätte sofort angedockt und darauf herumgehackt: auf meinem, aus seiner Sicht, verlorenen knappen Jahrzehnt. Ein Jahrzehnt, das, von allen Seiten beleuchtet, tatsächlich recht verknappt stattgefunden hatte. In einer Beziehung, die, wenn man ihr auf den Zahn fühlte, dem Zahn der Zeit nicht standhielt. Dennoch bestand ich darauf, die Zeit nicht als verloren anzusehen. Es hätte ja auch nur meinem Ansehen geschadet. Schade war es, dass es schlussendlich nicht klappte. Doch besser Schluss, als dass noch jemand zu Schaden kommt. Mit diesen Worten hatte sie sich von mir verabschiedet.

Apropos Abschied. „Worauf trinken wir?", fragte mein Freund entgegenkommend, hielt wissensdurstig zwei Gläser Whiskey in der Hand und streckte mir eines davon entgegen. „Auf den Abschied", entgegnete ich, wie aus der Pistole geschossen, oder vielmehr – vom Barhocker gestoßen. „Den Abschied vom Tag, den Abschied vom Haustier, den gänzlichen Abschied von Durststrecken – Auf die Nacht!" Ich stieß mein Glas gegen das meines Freundes und kippte es im Ganzen, ganz unkapriziös, hinunter.

„Also das mit dem Tier habe ich nicht ganz kapiert, aber streckenweise klang's gut. Er prostete mir zu: "Aufs **nicht mehr schlafen wollen!**"

Taktgefühl 13: nicht bequem

AUFTAKT STORY XIII

Es wurde hinterrücks heiß. Siedend heiß überlegte ich mir einen Grund dafür. Vor ein paar Minuten war ich noch so überlegen in den Wagen eingestiegen. Jetzt wagte ich es gar nicht mehr, mich vom Sitz zu erheben. Der unangenehme Gedanke, dass irgendetwas ausgelaufen sein könnte, da unten, der saß. Er traf voll unter die Gürtellinie, auch wenn er letztendlich nicht zutraf. Denn einziger Grund für diese lineare Hitzewallung war die Sitzheizung. Hätte mich nicht jemand vorwarnen können? Vorwurfsvoll sah ich meine Sitznachbarin an und warf ihr markige Blicke zu, die ins Mark treffen sollten. Ihr war wohl entgangen, wie unwohl ich mich fühlte. Und jetzt? „Aaach – das ist die Sitzheizung!!". Diesen meiner Sätze deutete sie als Anerkennung. Denn zufrieden nickte sie mir zu. Stolz auf den Komfort ihres Wagens. Opulent war der aus ihrer Sicht. Und aus meiner Sichtweise? Keine weise Einrichtung, die einem da eingerichtet wurde. Wer wollte denn ein warmes Hinterteil? Man fror an den Füßen, an den Händen, an den Ohren, am Hals. Aber doch nicht am Gesäß! „Man friert doch nicht am Arsch", dachte ich laut.

Wohl lauter als gedacht. Denn ich stellte fest: Das saß. Meine Fahrerin verzog die Mundwinkel, sah todernst drein, überprüfte den toten Winkel, blinkte links, zog nach außen. Ich merkte, es beleidigte sie, dass ich nicht integer war, Kritik am integrierten Pogrill äußerte.

[Weiter im Takt...]

Wohl wissend, dass ich ihn wärmstens weiterveräußern würde, äußerte ich mich dazu wohlweislich nicht weiter. Menschen waren verschieden, Meinungen, Bedürfnisse. Menschenskind – waren manche kindisch! Eigentlich hatte ich schon Bedarf, mehr von meiner Sichtweise zu enthüllen. Teils, weil ich belehren wollte, teils, weil Leere mich umhüllte. Wie konnten die Menschen sich das Leben nur immer leichter und einfacher machen wollen, Verzicht verhöhnen – und dabei auf die besten Dinge des Lebens verzichten? Für mich waren das Dinge, die Anstrengung erforderten. Die unbequem waren. Sie gaben mir Lebensfreude und Energie. Sie brachten mich weiter, brachten mir Gesundheit, gaben mir Inspiration, führten in eine natürliche Gemeinschaft. Ja, sie waren gemeinhin sozialer Natur. „Man friert doch nicht am Arsch... Am Arsch!!", hörte ich ein spätes Echo von links. Doch wie mit links schien sie sich auch wieder zu beruhigen, meine Fahrerin. Sie lenkte ruhig den Wagen und drückte linkisch auf den Aus-Knopf meiner Poheizung – Spitze. Sogleich fühlte ich mich wieder wie Ich, von den Haarspitzen bis zu den Fußnägeln. Mein Gesäß besaß wieder die richtige Temperatur: wohltemperiert nach meinem Empfinden. Wenn andere das nicht fanden, konnte ich nichts ausrichten. Doch, eines schon. Einen Versuch war es wert: ein witziger Kommentar. Witz kam ja meist gut an. Also – „Steigen zwei Ärsche ins Auto. Fragt der eine: Kannst du mir mal die Sitzheizung anstellen?" Pause. "Sagt der andere: Nee, aber ich mach dir gleich mal Feuer unterm Hintern". Auf ein Lachen wartete ich vergeblich. Lachhaft war ihre bedachte Mimik. „Mimimi – du kannst auch aussteigen und zu Fuß gehen", stieg sie mir aufs Dach. Dabei dachte ich, wir fuhren auf der Sonnenseite des Lebens und konnten gemeinsam im Humor baden. Aber diese Fahrerin, sie schaffte es einfach nicht, über ihren Schatten zu springen. Wollte anhalten. Mich aus dem Auto werfen. Ich hatte ihr mit meiner Albernheit den Spaß verdorben. Oder vielleicht doch nicht? Denn Halt – langsam veränderte sich etwas, sie überlegte und nahm eine überlegene Haltung ein. „Gut. Wie wäre es damit", begann sie verhalten. „Steigen zwei Ärsche ins Auto." Pause. "Fragt der eine: Soll ich dir die Sitzheizung anstellen?" Pause. "Sagt der andere: Nee. Aber das Gebläse der Askese". Das Gebläse der Askese..., also, das war wirklich köstlich. Es kostete mich nicht viel, in ihr Lachen mit einzufallen. Dieser lustige Einfall, der hatte es auf alle Fälle in sich. Sicherlich hatte sie recht, wenn sie sich über mich lustig machte. Belustigt dachte ich über den Verlauf unseres Gesprächs, über Askese und Gebläse nach. Viel Wind um nichts? Ich wandte mich schlagartig zu ihr um, sah sie unverwandt an. Diese schlagfertige Fahrerin war nicht etwa eine Verwandte, eine Bekannte oder gute Freundin. Nichts davon. Beziehungsweise: alles. Eine bekannte, freundliche Seelenverwandte, mit der ich eine Beziehung führte – und damit gut fuhr.

Für gelassenes Seelenheil mussten wir uns so belassen, uns so akzeptieren und respektieren, wie wir waren. Sie, die den Luxus liebte und ich, der von Luft und Liebe allein leben konnte, **Komfort nicht wollte**. Sie, die frischen Käse aus Frankreich bezog, ich, der Askese vorzog. Sie, die Verzicht als nicht ganz dicht erachtete. Ich, der über Verzicht gern dichtete. Wir hatten Achtung voreinander. Und Spaß miteinander. Und solange man den anderen achtet, kommen Askese und heiße Luft, Gebläse und klare Komfort-Bekenntnisse komfortabel miteinander klar.

NICHT

PERFEKT

WOLLEN

Taktgefühl 14: nicht perfekt

Entschlossen führte sie den kleinen Schlüssel ins Schloss. Mitten am Tag, es war exakt Mittag, musste er schon dagewesen sein. Der Briefträger ging verlässlich und bestimmt seiner Austragung, seiner ihm offiziell zugeteilten Tragweite, nach. Und hatte diesen Austragungsort, diese Adresse, bestimmt schon passiert. Häufig spielte er eine wichtige Rolle in ihrem Tag, doch heute spielte er sogar die tragende. Hatte er das schmale Päckchen dabei, das an sie adressiert war?

Es passierte nicht jeden Tag: heute packte sie eine immense Spannung. Würde es gleich so weit sein? Der Deckel des in die Haustür eingebauten Briefkastens klappte herunter. Mitunter fiel er ihr vor die Füße. Ihr fiel die Wurfsendung, im passenden Format, augenblicklich ins Auge. Es war das Format einer Buchsendung. Man hatte ihr das Autorenexemplar ihres Buches zugestellt: Yeah! Ein siegreiches Gefühl stellte sich ein. Ihre Finger fingen an zu zittern. Sie fingerte das Exemplar aus dem Kasten und zog zittrig den Pappstreifen auf, der die Sendung versiegelte. Ihr Buch. Sie betrachtete lange das Cover und las den Titel. Erst still und leise, dann laut und heiser. Spannungsgeladen schlug sie die Kapitel auf. "Spinne ich?!". Sie kapierte, was sie zuvor nicht bedacht hatte. Wie Schuppen von den Augen fiel ihr auf, dass das Inhaltsverzeichnis fehlerhaft war. Es verzeichnete eine fehlende Zahl.

[Weiter im Takt...]

Gleich am Anfang so ein unsinniger Blödsinn. Ein blödsinniger Anfängerfehler. Tränen traten ihr in die Augen. Was für ein Trara. Ihr Unvermögen war für sie eine herbe Enttäuschung, doch wenn sie nicht alles täuschte, konnte sie gegen geringe Gebühr, wirklich kein Vermögen, den Fehler gebührlich ausbessern lassen. Es einfach noch einmal besser machen. Doch wie hatte ihr das passieren können? Sie war doch so gewissenhaft vorgegangen. Hatte nach bestem Gewissen gehandelt, es sich wissentlich nicht leicht gemacht. Sich der Ordnung halber eine weite und eine weitere beschwerliche Korrekturschleife verordnet. Und doch war so etwas Leichtsinniges dabei herausgekommen. Es war kaum zu glauben, man konnte vom Glauben abfallen. Ihr stand der Sinn danach, das Exemplar in den Abfall zu werfen. Bevor man noch abfällig über sie reden würde. Wie ihre Lehrer früher. Vielleicht sollte ihr das Ganze ja eine Lehre sein? Sie hatte mal gehört: *Nobody is, like, per-*

fect. And nobody likes it: perfect. Denn geradezu über-
heblich war sie in den letzten Tagen gewesen. Hatte
sich gegenüber Wesen überlegen gefühlt. Das Buch
schreiben hatte sie wesentlich verändert. Ihr Lebens-
traum war wahrlich wahr geworden, doch sie hatte
es größer gemacht, als es in Wahrheit war. Ihre Größe überschätzt. Einerseits hatte das Werk ihr Selbst-
vertrauen und ihren Mut vergrößert. Andererseits,
schätzte sie, war sie übermütig geworden. Der Mut
hatte jegliche Demut gedemütigt. Deutlich hatte sie
sich erhoben, und anderen erhobenen Hauptes ver-
deutlicht, dass sie sich einfach nicht genug um Erfolg
bemühten. Dass ihre Mühe nicht ausreichte. Nun, erfolgreich war sie damit nicht. Distanz war die Reso-
nanz. Mühelos distanzierte sie sich auch von sich
selbst, räsonierte sie nun ihr Verhalten: Sie hatte sich
distanzlos verhalten, war übergriffig gewesen, griff
andere an. Sie stutzte – hier lag der wahre Anfängerfehler. Nicht der Fehler in ihrem Buch war das Fehl-
verhalten, sondern ihre Begriffsstutzigkeit. Dem Be-
greifen, was andere fühlten. Dem Begriff davon, was
andere umgab. Das Universum hatte sie auf den Boden der Tatsachen geholt. Hatte ihre Überheblichkeit
zur Chefsache gemacht. Nein, das war ja wieder eine
faktisch abgehobene Denkweise. Fakt war: Niemand
kümmerte sich um sie, um ihr Werk, um ihr Werkeln
als Autorin. Nur sie selbst, nur ihr selbst war es wich-

tig. Sie hatte für sich etwas *Notables* geschafft, ja, doch für andere war es eine Randnotiz. Dies würde sie sich auf einem Zettel notieren, mit dieser Erkenntnis ihr nächstes Buch anzetteln. Eifer machte sich breit, Freude: Dieser Gedanke war erkennbar freudvoll. Entschlossen und voller Vorfreude klemmte sie sich ihr Buch unter den Arm. Ja, es würde noch eine ganze Armee von Büchern entstehen! Aber nach und nach. Schritt für Schritt. Noch weit war sie davon entfernt, im Beschreiten ihrer Schreibe für andere wichtig zu sein, – las sie sich selbst die Leviten. Und trotzdem: Jeder durfte jederzeit auf jegliches Werk stolz sein, mit oder ohne Fehler. Das galt für alle und unabhängig von der Geltung. Jeder gab das, war er oder sie zu einem bestimmten Zeitpunkt, mit seinem bis dato gesammelten Wissen, den Erfahrungen, und seinem Können nach, bewerkstelligen konnte.

Das hieß nicht, dass ein Werk perfekt war. Aber wer mochte schon Perfektionistisches? Sie würde sich nicht mehr ärgern, und zurück in die Muße finden. **In der Kunst musste, ja wollte, sie niemals perfekt sein**. Das schwor sie sich – und dieser Schwur wiederum perfektionierte sie.

NICHT

MESSEN

WOLLEN

AUFTAKT STORY XV

Eine Kunstmesse. Das würde der Ort sein, um typischerweise ausgefallene, interessante Typen und Charaktere anzutreffen. Leute, die nicht nach der Norm gierten, die für andere kaum als normal galten, die eigen waren, Eigenart verkörperten. Ein charakteristischer Ort, der den Kulturgedanken fließen ließ, ein Zusammentreffen kulturbeflissener Menschen im Flow. Ein Ort der Kunst, der ganz echt und ganzheitlich ungekünstelt war. So dachte sie. Nun war sie selbst keine Künstlerin, hatte nichts Kunstvolles erstellt und erschaffen. Dennoch wollte sie diesem Stelldichein der Kunstschaffenden dienen. Ihr kam also der Gedanke, ihre Arbeitskraft anzubieten und sich in den Dienst der Kunstmesse zu stellen. Ihrem Ermessen nach war es wichtig, dass ein jeder gut den Weg durch die Kunsthallen und in die Kunst fand. Dabei zog sie, wie gesagt, der Gedanke magisch an, der Künstlichkeit moderner Welten zu entfliehen. Wo sonst würde man sie antreffen, wenn nicht hier: die bunten Vögel und Hunde, die Originale und Paradiesvögel unserer Zeit? Mit 'bunten Vögeln' meinte sie allerdings keine Papageien... Diese jedoch waren es, die von überall her angeflattert kamen, wie sie, von der großartigen Atmosphäre, dem Flair der großen Kunst angezogen. Wie sie?

Nein, entschied sie: entschieden nicht! Diese jungen Menschen, bunt das Gefieder, nicht jedoch die Gedanken, zog etwas anderes an:

[Weiter im Takt...]

Die Aussicht, sich unter die V.I.P. zu mischen. Die Durchmischung mit lauter Potenz. Das Casting? Eine Läuterung. Sie war die älteste hier. Alle anderen waren mindestens zwanzig Jahre jünger. Sollte sie stolz sein, dass man sie in Betracht gezogen hatte, sie betrachten wollte? Man zog ihr die Messekleidung über, über deren Schlichtheit sie schlichtweg erstaunt war. Eine weite Hose, ein unförmiges T-Shirt, für den Kopf eine Kappe. Wie ein verkappter Rapper sollte sie der Kunst gegenübertreten, während die eingeflogenen Scharen aus aller Welt vor den Objekten und Gemälden auf schicken Highheels scharrten. Nicht, dass sie Fan solch hoher Fußkleidung war, doch wirklich kleidsam war dieses Outfit nicht. Zwar hätte ihr der Zwang zum Kleid sicherlich noch mehr missfallen, doch derart zwanglos? Kleidete sie sich mitnichten, wenn nicht des Nachts. Still betrachtete sie die Montur im Spiegel. Der Kleidungsstil war gewöhnungsbedürftig. Das monierte jedoch weder sie noch die Mitbewerberin. Sowieso, die schien sich wohnlich einzurichten. Man merkte, dass sie es gewohnt war, zu überzeugen. Sie fand und formte für ihre Antworten die formell richtigen Worte. Was ihrer Wenigkeit weniger gut gelang – sie fühlte sich im Format des schriftlichen Formulierens einfach wohler. So wirkten ihre Beweggründe für die Bewerbung – Hilfestellung, Freundlichkeit, das Bewirken eines Wohlfühlens der Besucher – wenig überzeugend. Gemessen an dem Können der Mitstreiterin waren sie unstrittig lächerlich. Weitere Konsequenzen sah sie kommen, während sie konsequent weiter lächelte. Vier Sprachen, ein Jurastudium, jahrelange Erfahrungswerte mit ebendieser Veranstaltung, ein adrettes Äußeres, schlanke und ranke Modellmaße, die noch dazu in Messenähe ihren Wohnsitz hatten. Sie hielt sich wacker auf ihrem Sitz, kam jedoch ins Schleudern. Sie beide nebeneinander, das führte zum Schleudertrauma. Also in jedem Fall bei ihr. Sie hatte die ehrliche Antwort parat, die andere die traumhafte. Ihr Vorstellungsgespräch hatte sie sich ehrlich anders vorgestellt. Und ihre Gesprächigkeit kam auch nicht ganz so gut an, wie sie bemerkte. Merklich für beide Parteien, sank ihr Rang, während sie um Wörter rang. Der Pyjama, die Perfektion, das war einfach nicht ihre Art der Performance. Um hier zu arbeiten hätte sie örtlich betäubt werden müssen. Aber wenn nicht auf einer Kunstmesse, wo war denn dann ihr kunterbunter Ort? Nur junge, bisweilen recht farblose, eher eintönige Leute, die Ton in Ton agierten, fühlten sich hier zurecht wohl. Und sie? Galt als *personne âgée*? Hatte man sie nur vorgeladen, weil sie die junge Rasselbande, die gar nicht so sehr viel rasselte, zusammenhalten sollte? Sie bändigen, eine Art Band zwischen Alt und Jung spannen, eine Handreichung bieten? Oder, wie einst ein neuer Chef sie behände und kurzerhand auf ihren Platz verbannt hatte: „Sie, als jetzt schon ältere Dame, könnten ja…" Sie wehrte sich seitdem gebannt, von anderen in die Schublade dieser alten Kommode gesteckt zu werden. Das war Schiebung! Viel zu simpel und kommod: Vom Alter sollte man nie auf etwas schließen.

Hier der König, da die Dame, dort die Springer. Und die Bauern. Wie eine strebsame Schachfigur wurde man aufs Feld gestellt. Wenn sie davon eine für erstrebenswert hielt, dann war es der Typ Springer: eigene Wege gehen. Zwei Felder dorthin und eins zur Seite. Erfolgreich Haken schlagen. Ganz ohne Haken, und ohne Schlagen. Das war ihr Ding. **In Jahren messbar sein? Nein, das wollte sie nicht.**

NICHT

POSEN

WOLLEN

Taktgefühl 16: nicht posen

AUFTAKT STORY XVI

„So, wir fahren jetzt in die Stadt, essen einen Happen, dann geht's in dieses tolle Museum und dann..."
„Nein!", rief tollwütig meine Tochter, die kürzlich eine andere Muse geküsst hatte. „Spatz, Du weißt doch noch gar nicht, was ich sagen wollte: an die Küste". „Och nöö", ließ diesmal die andere zwitschernd vom Rücksitz ausrichten. Für meine klagenden Töchter schlugen wir klar die falsche Richtung ein. Sie wollten einen Richtungswechsel. Richtig, man vermutete es schon. Sie waren Teenager. Waren den Milchzähnen entwachsen, und bearbeiteten ihr Körperhaar mit Kaltwachs. Warum? Nun, schuld war wohl ein haariger Blick auf Instagram, TikTok und Co. Die Inputs flogen von überall heran, stürmten auf die Teenies ein, eroberten wie im Sturm das Herz. Kein Scherz: Seitdem ich verkündet hatte, dass wir auf Mallorca Urlaub machen würden, hatten meine beiden Töchter, zwei Jahre der Abstand, nicht etwa ausgetüftelt, wo man gewesen sein müsste, was man sehen musste, sondern – wo man gesehen werden musste. Von It-Girls hatte ich schon gehört, die davon lebten, sich an prominenten Plätzen zu postie-

ren; sich positionierten, um zu posten. Die Orte durch Posen einnahmen, und Follower für sich einnahmen. Alles taten, um Einnahmen zu tätigen, um zu umwerben und zu werben: Werbeeinnahmen zu generieren. Leicht verdientes Geld, das man mit nur genügend Geltungsbewusstsein einnehmen konnte.

[Weiter im Takt...]

So der Traum der jungen Mädchen, ach was, der jungen Leute. Für mich, wie wohl für die meisten Eltern, war das ein Märchen. Die Mär vom Geldregen, der beileibe kein Segen war. Jedenfalls sägte er gewaltig an meinen Nerven, an meinem Leib. Die Mädchen sollten sich auf die noble Natur konzentrieren, auf die hohe Kultur. Stattdessen machten sie so einen Kult um irgendwelche selbsternannten Stars, die mit Influencer angesprochen werden wollten. Ein Wort, das ich mit Influenza oder Flatulenz verband. Sie aber einzig mit *influence*, dem Einfluss. Wie konnte man stolz darauf sein, andere derart zu beeinflussen? Junge Menschen waren töricht, suchten Halt. Man nutzte diese Eigenschaften der Jugend haltlos aus – unter Jugendlichen! So tönte mein Standpunkt. Doch eigentlich wollte ich ja über ihm stehen. Meinen Mädchen ihren Spaß gönnen. Darüber keine blöden Kommentare machen. „Kommt! Essen genießen wir alle, das Museum macht ihr mir zuliebe mit. Und dann fahre ich euch zu einem eurer Posing-Hotspots. Kompromiss?" Anstatt, dass mir zugejubelt wurde, blieb das Ohr am Ausdruck hängen. Ich fühlte, wie ausdrücklich mit den Augen gerollt wurde. „Posing-Hotspot… Mama, du bist sooo peinlich." „Naja, ihr wisst, was ich meine", sagte ich fröhlich. Peinlich berührt war gestern: von der Pein, peinlich zu sein, blieb ich mittlerweile unberührt. Als wir nach dem Museum – ein bisschen sehr museal wurde es schon geführt, ich hatte mehr erwartet – in Richtung Meer fuhren, wollte ich das erste Versprechen einlösen. Und stellte fest, dass ich zwei erfüllte: Küste und Posing-Spot, das war Eins. In Cala Pi. Was wurde hier geknipst und posiert, in dieser wunderschönen Bucht. Wenige wollten im türkisen Meer baden und sonnenbaden, die meisten hatten sich ziemlich in Position gebracht, um die Schönheit der Natur mit mehr oder weniger großer Natürlichkeit zu teilen. Und es der Welt mitzuteilen. Wie affig. Wir teilten uns auf, die fotoaffinen Mädchen durften gern unter sich sein und mit der Kamera herumexperimentieren. Vielleicht würden sie ja Kameradinnen finden. „Mama, wir gehen jetzt mal zu diesem Vorsprung am Meer". „Welcher Vorsprung?" Schon wieder hatten sie mir gegenüber einen Vorsprung; online bekam man einfach mehr mit. Meine Tochter zeigte mir ein Bild, das mich zum Aufspringen veranlasste: „Nein, da geht ihr auf gar keinen Fall hin! Punkt und aus." „Aber Mama. Alle…" „Alle haben doch einen Sprung an der Waffel!" Mir war egal, wie der Spruch ging, er war die erste verbale Waffe, die mir einfiel. Auf dem abgebildeten Bild war eine Plattform zu sehen, bei deren Hinunterspringen man mehr als platt geformt war. Da ging jedem Laien ein Licht auf. Wie schnell die Kinder auf den Leim gehen konnten! Manches in der heutigen Wirklichkeit war wirklich unverantwortlich. Doch ich war nicht allein mit dem gedanklichen Abriss. Schnell stellte sich heraus, dass die Verantwortlichen die Plattform aus Sicherheitsgründen abgerissen hatten. Ich war erleichtert, nicht verbieten und auf dem Verbot bestehen zu müssen. Viel leichter war es, wenn Versuchungen wegfielen. Jetzt, wo die Versuchung nicht mehr bestand, fühlten sich auch die Mädchen sichtlich erleichtert.

Endlich packten sie ihre Handys weg und ließen sich von der wunderschönen Natur packen, indem sie ins klare blaue Wasser sprangen und vergnügt wie die Fische im Nass herumsprangen. Meine zwei von der Technik so geplagten Backfische. **Die das in echt gar nicht wollten. Sondern das Echte suchten.**

NICHT

ANSCHLIESSEN

WOLLEN

AUFTAKT STORY XVII

‚Günstiges Internet. Gratis Telefonieren'. Vielleicht war es ja wirklich an der Zeit, aufzuschließen an moderne Zeiten? Er hatte im Briefkasten eine Reklame vorgefunden, die ihn einlud, sich unverbindlich zu informieren. So hatte er beschlossen, den werbenden Laden am Bahnhof aufzusuchen, um aufschlussreichen Anschluss zu finden – doch verstand er dort nur Bahnhof. Wollte man ihn verladen? Der Laden war durchtrieben darin, Bedenken zu vertreiben; Produkte zu vertreiben. Und so hatte ihm bereits am Dienstag der Postbote eine weiße Box angeliefert. Ihm ausgeliefert. *Ihn* ausgeliefert: Er schien geliefert. Wie sollte er das Ding anschließen? Das würde doch nie und nimmer klappen. Ach, er hätte einfach die Klappe halten sollen, mit dem Alten vorliebnehmen. Sein Festnetzanschluss hätte weiterhin seinen Dienst getan und alles wäre gut. Nicht alles Gute kam eben immer von oben. Die Alte unter dem Dach hatte ihn erst auf die bekloppte Idee gebracht. Aufgebracht hatte sie ihm entgegengebracht, er solle sich gefälligst selbst vernetzen. Und sicherlich hatte sie nicht unrecht, ihm aufs Dach zu steigen. Er hatte oft die Weisheit ihres Netzwerks angezapft. Hatte sie sich ausgenutzt ge-

fühlt? Sie hielt ihn für einen Kauz, einen komischen
Vogel. Dabei war er alles, außer flatterhaft. Bis dieser
Satz ins Haus flatterte: ‚Jetzt informieren und sparen.'

[Weiter im Takt...]

Sparsam war seine Liebe zur Modernität. Doch reiz-
voll der Gedanke an ausgiebige Informationen. Und
wenn man sogar sparen konnte? Er wollte sich einge-
hend informieren. Einen Vertrag einzugehen, das
war nicht sein Vorhaben. Doch der junge Berater, reizend und offen, dazu voll auf der Höhe – auf Augen-
höhe mit dem Laien –, hatte offenkundig vor, den po-
tenziellen Neukunden auszureizen. Während sein ei-
gener Verstand nichts verstand und seine Augen auf
der kargen und weißen Inneneinrichtung nichts
Griffiges zum Verweilen fanden, hatte der junge
Mann ihn fest im Griff. Virtuos und ohne sich auch
nur ein einziges Mal zu versprechen, wurden ihm die
Höhepunkte dargelegt. Er selbst hatte zwar rein
nichts von den Begriffen begriffen. Aber der auf seine
Weise weise junge Mann bemerkte das wohl wohlweislich nicht und hatte ihm etwas zugetraut. Und so
hatte er sich letztendlich auch getraut – und seine Un-
terschrift unter den Vertrag gesetzt. Ein Vertrag, der
ihm augenscheinlich nichts als Annehmlichkeiten
versprach. Wer konnte dieses Versprechen nicht an-

nehmen? Doch jetzt schien es ihm, als hätte er sich ein Ei gelegt. Eieiei, wie sollte er klarkommen?

Eine Nummer war angegeben. Er würde sich Klarheit verschaffen und das Telefonunternehmen anrufen. Er wählte die Servicenummer und es erklang eine klare Frauenstimme „Vielen Dank für Ihren Anruf. Derzeit ist unser Team im Gespräch. Bleiben Sie in der Leitung." Selbst ja auf Anleitung und Begleitung hoffend, zeigte er klares Verständnis für die beschäftigten Beschäftigten. Zumal in einem Telefonunternehmen. Was ihn lediglich beschäftigte, war die Musik, die am anderen Ende leidlich aufspielte. „Ihre Wartezeit beträgt noch 10 Minuten. Bleiben Sie in der Leitung. Oder rufen Sie zu einem späteren Zeitpunkt wieder an." … *10 Minuten?!* Er konnte es nicht glauben. Wollte man ihn seiner Lebenszeit berauben? Wusste dieses Unternehmen nicht, dass jede Minute Leben kostbar war? Er hatte wahrlich Besseres zu tun, als in einer Warteschleife zu hängen. Zum Beispiel mussten seine Küchenmesser geschliffen werden. Aber auch Wäsche aufgehängt, der Rasen gemäht, das Holz lackiert. Von ihm selbst ging ebenfalls der Lack ab, auch hier gab es einiges zu tun. Er hatte ganz bestimmt nicht 10 Minuten Zeit, um diese mit Warten zu verbringen. Was dachten die, wer er sei? Als ihm einfiel, dass er Rentner war, schien ihm das Ganze umso erstaunlicher. Unmut staute sich an.

„Unerhört!" Er legte den Hörer auf. Er würde es später noch einmal probieren. Besser noch: zum Bahnhof fahren, zu seinem Berater. Dort angekommen, musste er jedoch erfahren, dass der erfahrene Kollege aus einer anderen Filiale stammte und nur übergangsweise am Bahnhof gewesen war. Doch wollte man ihm ohne Gewese weiterhelfen. Diesmal in Form eines weiblichen Wesens. „Was kann ich für Sie tun?" „Ja, also, ich habe kürzlich so eine Box zugeschickt bekommen". Hände auf Tasten, Blick auf den Bildschirm. "Einen Router. Den haben Sie bestellt", kürzte sie ab. „Richtig, aber nun … äh… ich komme damit nicht zurecht. Was mache ich?". „Na, anschließen. Ist ganz leicht. Die Anleitung liegt bei." Pause. „Wenn Sie es nicht alleine machen wollen, hilft Ihnen jemand." Wollen. Hilfe. Das klang gut. Erleichtert sagte er: „Wissen Sie, mir fehlt einfach die Zeit..." „Kein Problem. Die Installation kostet 130 Euro…". Mannomann. Um diesen beträchtlichen Betrag wollte man ihn mal eben so erleichtern? Wenn dies der moderne Anschluss war, dann **wollte er sich eben nicht anschließen. Nicht aufschließen.** Keinen Anschluss an die Welt wollen. Wie also schnell aus der Nummer rauskommen? „Sie haben eine Mindestlaufzeit von 24 Monaten", sagte die Dame beflissen. Das lief für ihn – nun, man möchte fast sagen: „beschlissen".

WOLLEN

AUFTAKT-STORY XVIII

„Nein, mein Lieber, den Gefallen tue ich dir ganz bestimmt nicht. Ich bin nicht gefallen, weil ich nichts gehört habe, das stimmt nicht." Mit Bestimmtheit in der Stimme drapierte meine Schwester Klara die Kissen um sich. Sie wollte nichts von der Kiste hören. Sie hörte mir einfach nicht zu. Das war das Problem. Dessen sie sich aber nicht bewusst war. Oder es bewusst nicht wahrhaben wollte? Und so verhielt sie sich mir gegenüber wahrlich ungehörig: Ihrem seit Kindheit vertrauten Gegenüber, das sie mit einer unangenehmen Wahrheit konfrontierte. Auch auf die Wahrscheinlichkeit hin, dass sie mich hinauswarf, ich musste noch einen Punkt landen, einen Treffer erzielen. Ich holte zum Wurf aus. Denn die Wahrheit war: Sie war schwerhörig, überhörte wichtige Informationen und Signale. Und war damit in steter Gefahr. Allein konnte sie so nicht vor die Tür. Fahrradfahrer, E-Roller – von Autos und Bussen ganz zu schweigen: Es konnte noch so gehupt werden, meine Schwester ignorierte es. Sie war siebzig, ich war nur drei Lebensjahre weniger auf der Welt. Doch uns trennten Welten. Sie war stur wie ein Bock, ich locker-luftig

wie – … Rührei? Nicht zu verwechseln mit einem
Weichei wohlgemerkt. *So* rührselig nun auch nicht.

[Weiter im Takt...]

Ich war einfach weicher, feinfühliger, einfühlsamer.
Immer schon hatten wir diese vertauschten Rollen
innegehabt. Es gab eine Zeit, wo ich darüber ent-
täuscht war und mit ihr tauschen wollte. Aber das
spielte jetzt keine Rolle. Es ging um weitaus Wichti-
geres: Klara war gefährdet. Meiner Meinung nach.
Aus unserer Verwandtschaft war ich der Einzige, der
sich um sie kümmerte. Es bekümmerte mich, sie so
zu sehen. Doch ich wurde von ihr übersehen. Sie sah
es gar nicht ein, sich an meine Ratschläge zu halten.
Sich festzuhalten an meiner Person. Persönlich war
sie immer gut klargekommen in ihrem Leben. Hatte
ihre Frau gestanden und bestand jetzt darauf, es weiterhin zu tun. „Wer nicht hören will, muss fühlen"?
Abgestandener Spruch. Ich wollte auf keinen Fall,
dass sie unter die Räder geriet, womöglich im Roll-
stuhl landete. Viel lieber schlug ich ihr eine sanfte
Landung vor: ein Hörgerät. Doch damit konnte ich
bei ihr nicht landen. „Ich höre wohl nicht richtig!",
war ihre Antwort, als ich davon anfing. Dabei hatte
ich mich kundig gemacht und war im Geschäft gewesen, wo der geschäftige Mitarbeiter mir verschiedene
Apparaturen präsentierte. Er überzeugte mich mit

seinem Auftritt, seiner Präsentation. Ich kapierte, sortierte, notierte – parierte. Meine Schwester? Monierte.

Heute nun dachte ich, die Gelegenheit wäre gelegen. Sie hatte lange Zeit im Bett gelegen, schien ausgeschlafen, schien guter Dinge, die Sonne schien. Wir hatten zusammen gefrühstückt, um dann ein bisschen Frühsport zu treiben. Dafür hatten wir eine Runde um ihren alten Betrieb, in dem sie als Telefonistin gearbeitet hatte, gedreht. Alles hatte sich damals um diese heilige Stätte gedreht. Sie schwärmte übermütig vom alten Dreh- und Angelpunkt. Wie sie sich heillos verliebte, sie umschwärmt wurde, sich ihren Schwarm angelte. Wie Übersee-Telefonate sie ins Staunen versetzten und ins Schwärmen brachten – es war ihr Leben. Lebhaft erzählte sie mir von dem bunten Treiben. Betriebsausflüge und Weihnachtsfeiern: Sie und ihre Kollegen schienen es wirklich bunt getrieben zu haben. Es war aber auch schwerlich zu überhören, dass dieser Hintergrund wohl der Grund für ihre heutige Schwerhörigkeit war. Mit dem Ohr an der Muschel hatte sie jedes Genuschel erforscht, gedeutet und durchgestellt. Ihre aufgestellte Persönlichkeit hatte sie zur Chef-Telefonistin gemacht. Sie hatte sich ins Zeug geworfen, in allen Bereichen. Minikleider und hohe Absätze: auch auf modischer Ebene war sie über sich hinausgewachsen, die gut gewachsene Blondine, meine für mich immer so erwachsen scheinende Schwester. Immer wenn es um die alten Zeiten ging, war sie bester Laune und so dachte ich, man könne ihr Ohr auf das heikle Thema lenken: den kleinen Mann im Ohr, der ihr zu mehr Gehör verhelfen würde. Doch Hilfe plus meine Schwester führten wie immer zu einem: *Hilfe – meine Schwester!!*. Sie lief rot an, wurde wütend, empörte sich. Jedes zweite meiner Worte zuvor hatte sie nicht verstanden, doch jetzt war sie ganz Ohr, es zeigte sich Klaras klarer Verstand. „Du hast eine Meise! Schweig", machte sie klar. Und ich würde gerne verschweigen, wie klein mit Hut mich das werden ließ. Ich zog den Hut vor meiner Schwester. Wenn sie etwas nicht wollen wollte, dann wollte sie es nicht.

„Ich sage dir jetzt mal, was ich davon halte, von deiner Idee", sagte sie und brachte sich in Haltung. „Halt mal kurz", trug sie mir auf, ihre Walking Sticks zu halten. Dann schloss sie die Augen, stand still und sagte nach einer kurzen Weile, ohne mit der Wimper zu zucken: „Stieglitz. Hubschrauber. Müllwagen. – Brüderliches Schnüffeln." Ich staunte über ihr gehöriges Hörvermögen. Sie sah mich forschend an. „Also hör mal. Denkst du wirklich, ich kann nicht unterscheiden, zwischen Hörenswertem und dem, **was ich nicht hören will?!**". Mit dieser rhetorisch entwaffnenden Frage und den Gehstöcken bewaffnet zog sie notorisch forsch – und unerhört fit – von dannen.

WOLLEN

AUFTAKT STORY XIX

Ship Ship – hurra? In einer Reederei erledigte sie
redlich ihren Job, als das Ship anlegte: das New
Leadership. Ab sofort sollten Kollegen eins werden,
das Einzelgängertum ablegen. Leinen los! Bonmots
wie Teambuilding, Team force, bonne force oder
auch Bomforzionöses – laienhaft gesächselt – enter-
ten das Büro. Individualität? Eine Sechs. Glattgebü-
gelter Gruppen-Flow: glatte Eins. Sie konnte ein Lied
davon singen: Einnehmend wie eintönig übernah-
men Namen wie *Task leader*, *motivation leader* oder *so-
cial leader* die Bürolandschaft, trübten Visionen und
Klarsicht. Wenn das kein klar ersichtlicher Fall von
feindlicher Übernahme war? Doch die Verantwortlichen waren sich einig und der Sache sicher. Berater
hatten ihnen sachlich versichert, dass Teambuilding
ratsam war. Was im Sport Erfolg versprach, schaffte
mühelos den Vergleich. Sportsgeist war gefragt, Mut
und ein Über-sich-hinausgehen. Dabei sein ist alles?
– Nun, man musste nicht gleich übermütig werden.

Sie sehnte sich in die Zeit zurück, als sie ihren eigenen Kurs einschlagen konnte. Keinen Rückwärtssalto
schlagen musste. Keine Ideale im Rücken hatte. Nicht

von Optimierung übermannt wurde. In die Zeit, als sie allein stillvergnügt in der Mittagspause eine Runde um den See drehen konnte, wobei sie keiner sah, und sie keinen sehen musste. Im Außen erfrischt dann wieder ihren Platz einnehmend, um ihren Erfahrungsschatz den Einnahmen zu widmen. Seite an Seite mit den geschätzten Kollegen – und innen.

[Weiter im Takt...]

Die Mission Teambuilding begann. Die Konstruktion wurde errichtet. Das Zahnrad aufgebaut, die intrinsische Motivation dafür abgebaut, kurzerhand abgeschafft. Es musste ja Platz für Neues geschaffen werden. Wie kleine Rädchen sollten die Mitarbeiter in sich greifen. Sie versuchte, die Zähne zusammenzubeißen – biss sich dabei jedoch bloß ungeschickt auf die Lippe. Sie begriff nicht, warum Lippenbekenntnisse und äußerliche Eintracht – wie beim gemeinsamen Kochen – als passend erachtet wurden. Für sie passte das Passgenaue passgenau nicht. Sie entfernte sich immer weiter vom Kader. Und kochte innerlich, war geladen. Das neue Passepartout stieß sie ab. Und so wurde auch sie von ihm abgestoßen. Zwei positive Ladungen? Was passierte, weiß jedes Kind. Es war trotzdem neu für sie. Mühelos gelangen ihr zuvor Kontaktaufnahme, Verbindung und Verbundenheit. Doch nun schaltete sie einfach nicht mehr. Es funkte

nicht, es verband sich nichts. Ausgelöst durch Gleich-
schalterei. Alles war einerlei und wurde ins Team getragen, Gleiches gleich gleichmäßig auf alle und jeden übertragen. Und man schaltete sogar noch einen
Gang höher: Es wurde das Betragen beurteilt, teils
beträchtlich geurteilt – und gar verurteilt. Der komi-
sche Kauz aus der Buchhaltung? Nicht teamfähig.
Mit diesem Wort schien alles gesagt. Kaum mehr
wurde hinterfragt, dass fraglicher Eigenbrötler vor
Motivation nur so brodelte. Dass er liebend gern
seinen Job verrichtete, sich jeden Morgen auf die Ab-
geschiedenheit seiner Bürowände freute, in denen er
sich auch innerlich eingerichtet hatte. Dass er sich im
Team wohlfühlte, intim geschützt sich in Sicherheit
wiegend. Nein, sicher war er nun nicht mehr. Wollte
man ein ausgemachtes Sozialmonster im eigenen
Team? Sicherlich nicht.

Und auch ich hatte meine Probleme mit den Vorga-
ben. Denn Zwang löste ein altes Gespenst aus: das
schaurige Wider-Spenst. Widerspenstig trat es
zutage, kam zum Vorschein und buhte bei nahender
Freiheitsberaubung. Die aufgedrängten Kollegen
traten ihm einfach zu nahe. Es empfand sich ob der
Distanzlosigkeit bedrängt. Und drängte auf Ableh-
nung. Oder Auflehnung. Das konnte man empfinden, wie man wollte. Jedenfalls trug es mir auf, mich
dem nicht entgegenzulehnen; mich zu widersetzen.

Man musste das Wider-Spenst verstehen: Es hatte einen sehr friedfertigen Geist. Einen kontaktfreudigen Geist. Einen natürlichen Grund. Doch die Natürlichkeit kam bei dieser Art der Kontaktaufnahme abhanden. Aus seiner Sicht wurde sie natürlich zugrunde gerichtet. Gruppen-Flow war für das Wider-Spenst nichts als ein Floh im Ohr, und zwar ein gespenstischer: Es fühlte Gruppenzwang. Den Zwang, sich einer Gruppe gegenüber zu öffnen, die einen leicht bezwingen konnte. Mobbing, Intrigen, Klatsch, all das waren zwangsweise mitgedachte Schreckgespenster. Die man dadurch im Zaum halten konnte, dass man den Dingen auf den Zahn fühlte. Sich gründlich bekannt machte. Sich zähmte, wie „Der kleine Prinz" es ausdrücken würde. Prinzipiell begann es immer mit Small Talk. Doch aufgezwungen war dieser nicht gerade förderlich. Das Sich-trauen überforderte nicht nur einige Mitmenschen, sondern förderte noch dazu miss-vertrauliche Sprechblasen zutage, denen kein Mensch trauen konnte, wollte oder sollte.

Sie wollte kein Schmalspurgerede, keine konstruierte Nähe, kein neues Leadership: Immer noch eine Schippe drauflegen? Nein, **sie wollte nicht shippen.**

NICHT

B E N O T E N

WOLLEN

Warum bloß wollte man sie immer benoten? War es denn wirklich nötig? Aus der Not heraus hatte sie heute Morgen noch notdürftig gelernt. Und saß jetzt beugsam über ihre Arbeit gebeugt. Dass sich das Arbeit nannte… Für sie war Arbeit etwas Aktives, etwas Tätiges, etwas Praktisches, etwas Gewinnendes. Etwas, bei dem man in der Tat einen Gewinn sah, in welcher Form auch immer. Aber doch nicht, über ein Formular gebeugt zu sitzen und still vor sich hin zu schwitzen. Gemeinsam mit vielen anderen zwar, doch ohne jegliche Gemeinschaft. Ja, es wurde im Allgemeinen eher die Gemeinheit angeregt: Das Gemeine bestand nämlich darin, dass aus Freunden rege Konkurrenten wurden. Die Konkurrenz schläft nicht? „*Halloo*, Insomnia": Ellenbogen raus und Kante zeigen. Würden alle ihre Klassenkameraden klasse Noten schreiben, nur sie nicht, so würde nicht nur der Notendurchschnitt sinken, sondern ihr Ruf gleich mit dazu. Ihr Rang würde fallen, ihr Status abstürzen. Man würde sie belächeln, über sie tuscheln: über den Absturz der Tussi. Das war ein lachhafter Gedanke? Für sie ein gar nicht so lächerlicher, eher bestürzender. Dabei sagte eine Note doch kaum etwas aus. Was schon gab sie wider? Der Notenspiegel spiegelte doch nichts als den Lerneifer, die Strebsamkeit. Das Aussitzen und Nachsitzen. Das gleichförmige im Gleichtakt Schwitzen. Das Genötigte.

[Weiter im Takt...]

Eine Note war eine kräftige Ansage. Aber was war ihre Aussagekraft? Vergeblich suchte sie nach der Antwort, sie sah sie nicht, blickte es nicht. Angeblich teilte die Note in sehr gut, gut, befriedigend, ausreichend, mangelhaft und ungenügend ein. Damit teilte die Note auch ganz schön aus: Wer wollte schon mit mangelhaft oder gar ungenügend in Verbindung gebracht werden? Auch ein ‚ausreichend' gab nicht den Wert des Individuums wieder. Kurz hinter befriedigend hörte es mit ihrer eigenen Freude zumeist auf. Mit der Freundschaft ihrer Eltern sowieso. Hocherfreut waren diese nur bei einer Eins, eine Zwei war akzeptabel, alles darunter ein Affront. Mit dem sich auch die Front zwischen ihnen und der Einrichtung richtiggehend verhärtete. Einerseits mochten ihre Eltern es, wenn die Schule Härte zeigte. Andererseits wurden sie nicht gern von der Seite angesprochen, wenn es um ihre Tochter ging. Da waren sie eher zart besaitet. Ja, das Notensystem könnte sich durchaus mal einem Härtetest unterziehen. Ob es sich als mündig erweisen würde? Die größte Belastung für sie war die mündliche Note, die rege Teilnahme. War es ein Wunder? Keinen guten Stand hatten diejenigen, die von Haus aus nur wenig mitteilsam waren. Dass sie nicht hausieren gehen mochte, verstand ihr patenter Patenonkel. Er, die Lebensmitte überwunden, blickte oft unvermittelt und unbestimmt verstimmt bis verwundert – teils schien es: verwundet – auf seine Schulzeit zurück. Im Rückblick vermutend, dass nicht immer die richtigen Richtenden zur Stelle waren, nicht die mutige Richtung genommen wurde. Dazu ermutigend, dass es etwas Neues geben sollte. Sich unumwunden wundernd, dass alles noch immer beim Alten war, keine der Altlasten überwunden. Wie einst hieß es: nur mit Noten lässt sich beikommen. Nur damit kommt das Wissen zur Geltung, die Motivation in Fahrt. War dies die richtige Fährte?

Sie sah vielmehr die Gefahr der Entmündigung und Entmutigung. Wenn sie selbst in die Vergangenheit zurückblickte, sah sie deutlich ihre selbstständigen Motive. Von klein auf war sie motiviert gewesen, zu lernen. Sie wollte die Welt erkunden, Welten entdecken. Wollte alles wissen, war wissbegierig und gierig, Gewissheit zu erlangen. Doch wessen Idee auch immer es war: In der Schule verlor sie davon Wesentliches. Sie verlor den Mut, und sich, wie sie sich kannte. Konnte das noch das gleiche Mädchen sein, das sich selbst das Lesen von Märchen beigebracht hatte? Das den ganzen Tag lang sang und Melodien erfand? Sang- und klanglos war ihr all das abhandengekommen. Man sagte ihr nun, was sie sollen sollte. Und sie folgte und erfüllte ihr Soll. Auf Biegen und Brechen. Ihre Sollbruchstelle schien dabei von vornherein eingerechnet – und war demnächst erreicht. Reichlich Wissensdurst und Lesehunger waren ihr bereits abhandengekommen. Dafür hatte sie lebhaften Appetit auf Freiheit bekommen: auf einen Lebensweg, der ihrem Leben nicht im Weg stand. Auf eine Wirklichkeit, die sie wirklich bewegen konnte. Bewegt von ihren Gedanken, zog sie einen Strich unter ihre Arbeit. Viel Zeit war beim Denken verstrichen – und es würde wieder nicht zu einem guten Ergebnis reichen. Ergeben erhob sie sich vom Platz und platzierte die fast leeren Blätter wie angewiesen.

Aus dem **Nichtwollen von Noten** war dennoch ein Wohlwollen geworden: ein wohliges Gedankenspiel. Ein persönlicher Gewinn. Sie hatte viel gewonnen – ihre ganz eigene Note, betont neue Töne.

---

ganz neue Töne.

Persönliche Note eines Kulturbanausen

Unbedingtes Wollen versus
Nichtwollen wollen (von Dingen)

~~~~~ *Widerstand* ~~~~~~~~~

*„Selbstredend reizend muten all diese Dinge an,
die man für Geld erstehen kann. Unwiderstehlich!
Und hat man sie sich nicht redlich verdient?..."*

~~~~~*Erfüllung*~~~~~~~~~

*„Das Wollen lässt spielerisch um Wünsche
herumtänzeln. Erfüllung führt zum Tanz auf dem
Vulkan: in ein hitziges Spiel mit dem Feuer."*

~~~~~~*Reiz*~~~~~~~~

*„Mit seinem Wollen reizt man, reizt aus, reizt
‚auf Teufel komm raus'. Bis man überreizt."*

~~~~~ *Einmal ist keinmal* ~~~~~~~~~

„Die Folgen des Wollens sind ungewollt fordernd,
Weisheit ist folglich erforderlich. Ein Naseweis der,
der wohlfeil denkt ‚Man lebt nur einmal'..."

~~~~~**Begehrlichkeiten**~~~~~~~~~

„Die Zahlen auf dem Bankkonto kennen nur
schwarz und rot. Dennoch treiben sie es bunt:
Sind sie rot, sieht man gleich so schwarz. Sind sie
schwarz, errötet man sogleich begehrlich."

~~~~~**Leisten**~~~~~~~~~

„Sich etwas leisten können, klingt gut. Doch so
leise, dass es oft überhört wird, schwingt beim
Leisten die Leistung mit. Nichts ist für immer,
es schwindet, nutzt sich ab, vergeht, geht kaputt.
Auf den Überschwang folgt die Ernüchterung:
Nüchtern betrachtet, lassen sich die Dinge nicht
reparieren: man kann es nicht, oder kann es sich
nicht leisten. Lieber bei den Leisten bleiben?..."

In den eigenen Takt finden.

ANKLANG (ZUGABE)

Gefällt die taktvolle Buch-Idee? Findet sie Anklang?
Sollte sie eine Fortsetzung und Zugabe erfahren?
Auch Nichtwollende freuen sich über ein paar Takte.
DANKE fürs Lesen, für faire Rezensionen und Co.

Eure Corie Fee